सतमी के बच्च

Owing to the antiquity and rarity of this book, certain pages are regrettably absent, and readability is compromised due to the blurring of the original text. If you possess any insights regarding the availability of these missing sections, kindly inform us. Your assistance is crucial in ensuring the completion of this significant work for the benefit of future generations.

सतमी के बच्चे

राहुल सांकृत्यायन

GYAN

Published by

Gyan Publishing House
5, Ansari Road
Daryaganj, New Delhi-110002
Phone: 011-47034999, 9811692060
E-mail: books@gyanbooks.com

Distribution Network
gyanbooks.com
India, USA, Canada, UK, Australia

ISBN: 978-93-6920-327-7 (PB)

First Published, 1957

2nd Impression 2025

Printed at: Gyan Press, Delhi.

सतमी के बच्चे

Author: राहुल सांकृत्यायन

सतमी के बच्चे

लेखक

राहुल सांकृत्यायन

विषय-सूची

१

सतमी के बच्चे

(ग़रीबी की भेंट)

सतमी अहीरिन पन्दहा में सबसे ग़रीब स्त्री थी। पन्दहा दो सौ बीघे का एक छोटा गाँव था; और उसमें ब्राह्मण ३०, और अहीर १०, कहार २, बढ़ई १, कुम्हार १, चमार ५—कुल ४६ घर थे। इतनी घनी बस्ती और बलुआ ज़मीन के कारण वहाँ के सभी लोग ग़रीब थे। और सतमी की अवस्था तो सबसे दयनीय थी। उसका पति चौथी सन् ४ (१३०४ फ़सली, १८६७ ई०) में बंगाला चला गया था। वहाँ वह क्या करता था, यह किसी को मालूम नहीं। सतमी के नाम उसका मनीआर्डर या चिठ्ठी भी आते किसी ने नहीं देखा। घर पर सतमी के पास न एक अंगुल खेत था, न एक पूंछ गाय या बकरी की। उसकी सम्पत्ति थे दो पुराने छोटे-छोटे खपड़ैल के घर और कुछ मिट्टी-काठ के बर्त्तन। घरों में किवाड़ या चाँचर न था, और न उसकी आवश्यकता ही थी। वहाँ चुराने को रखा ही क्या था!

सतमी की विपत् का यहीं अन्त न था। उसके पाँच बच्चे थे। सबसे बड़ी सुखिया (नाम से बिल्कुल उलटी) थी, फिर चार लड़के—बुद्धू, सुद्धू, मद्धू, और सन्तू। इन छः प्राणियों का पालन सतमी कैसे करती थी, यह समझना मुश्किल है। गाँव के मालिक—ब्राह्मण लोग बहुत ग़रीब थे, इसलिये सतमी को बराबर पीसने-कूटने का काम मिलना आसान न था, तो भी वही उसके लिए जीविका का साधन था।

दूध छोड़ने के बाद सतमी के बच्चों को शायद ही भी पेट भर खाना मिला हो। फागुन-चैत में सतमी और कुछ बड़ी होने पर सुखिया भी खेत काटने जाती थी। छोटे बच्चे डलिया ले पिछुआ बीनने (खेत में छूटी बालों को चुनने) जाते थे। उस समय उन्हें मज़दूरी में कुछ अधिक अनाज मिल जाता था, लेकिन भविष्य का खयाल करके सतमी उसे बहुत संकुचित हाथ से खर्च करती थी। बैसाख-जेठ में भी कुछ महुआ और मज़दूरी से काम चल जाता था। वर्षा होते ही चकवँड़ जम जाता था, फिर माँगे नमक के साथ चकवँड़ का साग और आम की गुठलियों को पीसकर बनी रोटी महीने-भर चलती थी। भादों में जब फूट फूटते थे तो सतमी के लड़के जिसके खेत पर जाते, वह दो फूट दे देता था। जब तब खेत की कटवाई में भी कुछ साँवा, मँडुआ, कोदो, साठी मिल जाती थी।

दसहरे का मेला देखने के लिए जब पन्दहा के ग़रीब से ग़रीब लड़के भी दो-चार गोरखपुरी (पैसे) पा जाते, और वे नये या धुले कुर्ती-धोती पहन मेला जाते, उस समय भी सतमी के बच्चों को न एक कौड़ी का ठिकाना था, और न उसकी फटी लँगोटी ही बदलती थी। पैर अपना था, इसलिये वे मेले में चले जाते थे। जब दूसरे लोग अपने बच्चों को खिलौना, बाजा, गट्टा या मूली खरीदते, तो वे उन्हें चाह-भरी आँखों से चुपचाप देखते रहते। किसी का दिल पसीजता, या नज़र लगने का डर लगता, तो वह एक मूली या एक गट्टा उन्हें भी थमा देता। घर आने पर जब लड़के थैले या अँगोछे में लाई-गट्टा ले बाहर खेलने निकलते, तो उस समय सतमी के बच्चों की बन आती; क्योंकि बच्चे सयानों से अधिक उदार होते हैं, उन्हें साथियों में बाँटकर खाने में आनन्द आता है।

* * *

पन्दहा में धान के खेत न थे। वहाँ ऊख बोने का बहुत

रिवाज़ था। गाँव में पत्थर के सात कोल्हू थे, जो अगहन से ही चलने लगते थे। पत्थर के कोल्हू को धोने, घानी चलाने और बैल हाँकने के काम में कई मजबूत हाथों की आवश्यकता होती थी, इसीलिए पाँच सात घर मिलकर एक-एक कोल्हू चलाते थे। अपने गर्जे के अनुसार बारी-बारी से हफ्ते में एक या दो दिन हर एक की ऊख पेरी जाती थी। काम करने और बैल देने में भी लोग अपने-अपने हिस्से या चारे का खयाल करते थे।

सतमी के बच्चों को जाड़ा काटने के लिए वे पत्थर के कोल्हू कल्पवृक्ष थे। वे भोजन और वस्त्र दोनों ही—चाहे जिलाने भर को ही सही—देते थे। वे इन कोल्हाड़ों में ऊख की पत्ती और सीठ की आग चूल्हे में सदा बनी रहती थी; और पेट खाली करने के लिए समय-समय पर पूँछ की ओर से भौर को बाहर निकाल दिया जाता था। सतमी के बच्चे बड़ी रात तक वहाँ बैठकर आग तापते रहते थे। काम करने वालों के हाथ को ठिठुरने से बचाने के लिए एक जगह रात भर और आग जलाई जाती थी; वहाँ वे घुसकर बैठ जाते थे, यद्यपि वहाँ उनको उतनी स्वतन्त्रता न थी। इसके लिये उन्हें कभी-कभी झिड़की खानी पड़ती थी। नींद का ज़ोर होने पर वे चूल्हे झोंकने के लिए रखी पत्तियों में घुसकर सो जाते थे। सबेरे धूप निकलते ही, दीवार की आड़ में ज़रा घाम ले, वे ऊख के खेत पर चले जाते थे, और ऊख छीलने में मदद करने के लिए उन्हें दो-चार ऊख मिल जाती थी। पहर दिन-चढ़े जब बाँटने की घानी चढ़ती थी, तो अपना घड़ा ले उनमें से कोई एक ज़रूर कोल्हाड़ में हाज़िर रहता था। उस घानी में पानी ज़्यादा डाला जाता था, इसीलिये उसे पनिऔवा कहते थे। पहले काम करनेवालों को रस बाँटा जाता था, पीछे सतमी के लड़कों जैसों की बारी आती थी। उस वक्त उन्हें दो-एक सैकी (रस उठाने का हैंडिल लगा मिट्टी का बरतन) रस

ज़रूर मिल जाता था। कड़ाह से गुड़ उठाते वक्त प्रसाद में चाटने को वे ज़रा-सा गुड़ भी पाते थे। माघ-पूस में सतमी खेत से जाकर बथुआ का साग खोट लाती थी, यद्यपि इसके लिये सरसों खोटने का इल्ज़ाम लगा लोग चार बात भी सुनाते थे।

* * *

सुद्धू और मद्धू को जूड़ी आते दो मास हो गये थे। जड़ैया पहले रोज़ आती थी, अब इधर एक सप्ताह से वह अँतरिया (एक दिन अन्तर देकर आनेवाली) हो गई थी। आज तीसरे पहर को उसकी बारी थी। लोग कहते हैं, खट्टा, मीठा, सोंधा भोजन जूड़ी में काल है, लेकिन सतमी के घर में कोल्हाड़ से मिले रस और मज़दूरी में प्राप्त थोड़ी-सी मटर के सिवा रखा ही क्या था? जूड़ी ने आकर ठंडक दे शरीर को कंपाना शुरू किया। सुद्धू और मद्धू माँगकर लाये कोदो के पयाल पर फटी गुदड़ी में दबक, धूप में पड़ रहे। ठंडक ने ज़ोर किया तो "अरे मा !" करने लगे। मा कहाँ से कम्बल और रज़ाई लावे ! उसने आकर अपनी देह से उनके शरीर को छाप दिया, और मुँह से कुछ ढाढ़स दिया। दुःख की घड़ी लम्बी ज़रूर होती है, लेकिन उसे भी काटना ही पड़ता है। जड़ैया का ज़ोर कम होते बुखार बढ़ चला। सतमी किसी के घर पीसने चली गई।

सुखिया अब पन्द्रह वर्ष की थी। उसका व्याह हो गया था, किन्तु बेचारी का भाग्य ऐसा फूटा था कि ससुराल की गाली-मार के कारण वह मा के साथ ही रहती थी। किसी के घर पीसने का काम कर मज़दूरी में थोड़ी-सी मटर पा, घर लौटी थी। सुद्धू ने बहन को आते देख खाना माँगा। सुखिया जब तक मटर को डलिया में सामने रख, भूनने के लिये पड़ोस से आग लाने गई, जब तक सुद्धू मद्धू ने मटर खाना शुरू कर दिया। प्यास में पास रखे घड़े में से कुछ खट्टे शर्बत को भी पी लिया।

पूस का अन्त था। मद्धू की जूड़ी इधर चली गई थी, किन्तु उसका पेट अब भी बढ़ा हुआ था। हाथ से देखने से बाईं पंजरी के नीचे लम्बी तिल्ली दिखाई पड़ती थी। सुद्धू की अवस्था चिन्ताजनक थी। उसकी जूड़ी लगातार जारी थी। मुँह हल्दी के रङ्ग का हो गया था। आँखें भीतर धुस गई थीं। ठठरी की एक एक पसली गिनी जा सकती थी। सारे शरीर में हड्डी के सिवा यदि कुछ दिखाई देता था, तो वह था कुन्डे की भाँति फूला पेट। हाथ, पैर और मुँह पर सूजन आ गई थी। अब वह चल-फिर न सकता था। दिन में सुखिया पयाल बिछाकर धूप में उसे सुला देती था; रात में वह पिस्सू-भरे घर के भीतर गुदड़ी के नीचे पड़ा रहता था।

सतमी का चित्त बहुत आशंकित हो रहा था। उसने अभी पिछले ही साल ब्राह्मण के लड़के धनपत को इन्हीं लक्षणों से मरते देखा था। गाँव में जिस किसी ने जो कुछ अडूस, कराजोरी कड़वी-से-कड़वी दवा पिलाने को कहा, उसे सतमी ने समझा-बुझाकर सुद्धू को पिलाया, लेकिन कुछ लाभ न हुआ। एक आदमी ने कुनैन की तारीफ़ की। सतमी ने डबडबाई आँखो से गिड़गिड़ाते हुए परोसिन ब्राह्मणी से कहा—"बहिनी, एक आना पैसा कहीं से उधार दो, सुद्ध को कुनैन लाकर दूंगी। जी जायगा, तो तुम्हारा हलवाही करैगा।" ब्राह्मणी ने चुपके से एक आना पैसा दे दिया। सतमी स्वयं ही रानी की सराय जा डाकखाने से कुनैन खरीद लाई। सुद्धू को कुनैन से फ़ायदा ज़रूर हुआ, और दो सप्ताह के लिए बुख़ार छूट गया; लेकिन पीछे बुख़ार फिर शुरू हो गया। धीरे-धीरे अवस्था बिगड़ती गई। सतमी कुनैन ख़रीदने के लिए अब और पैसा कहाँ से लाये? उसने सब कुछ राम पर छोड़ दिया।

माघ के समाप्त होते-होते सुद्धू मर गया। लोगों ने ले जाकर उसे नाले में गाड़ दिया। सतमी 'हाय सुद्धू!' 'हाय सुद्धू!' करती महीनों

रोती रही। सुद्धू के लिए अच्छा ही हुआ। दुनिया में आकर उसने क्या सुख देखा?

पिछले साल जो दशा सुद्धू की हुई, दूसरे साल वही हालत मद्धू की हुई। वह भी तीन मास जड़ैया में घुलकर मर गया।

बुद्धू अब सत्रह वर्ष का था। पिछले साल उसने मालिक का हल पकड़ा था। मा-बहन भी कुछ मज़दूरी कर लाती थीं। सन्तू लोगों का गोरू चराता था; इस तरह सतमी को अब अच्छे दिनों की आशा हो चली थी, लेकिन भाग्य को यह मंजूर न था। अब की जड़ैया ने बुद्धू को आ पकड़ा। और ऐसे ज़ोर से कि कातिक में रबी की फ़सल बोने के समय वह मालिकों के खेत पर न जा सका। ब्राह्मण होने से हल छूने में बेचारों का धर्म जाता था। बड़ी मुश्किल से जहाँ-तहाँ से मदद लेकर अगहन के अन्त तक उन्होंने अपना खेत बोया। बुद्धू की हालत खराब होती गई। सतमी ने मालिक से पैसा उधार ले-ले दो-तीन बार कुनैन लाकर बुद्धू को दिया; लेकिन बीमारी ने कुछ न सुना। पूस के अन्त तक बुद्धू भी चल बसा।

* * *

बुद्धू के मरने के दो साल बाद सन्तू ने भी उसका अनुसरण किया। सतमी सुखिया के साथ जीती रही, लेकिन उसकी हालत अब आधे पागल-सी थी। रात और दिन जिस समय, उसे अपने बच्चे याद आते; वह विलापकर रोने लगती थी—"हाय बुद्धू! क्या पिसाई करके तुम्हें इसीलिए पाला था। तुम मुझे धोखा देकर चले गये! हाय, मैं कितनी निर्लज्ज हूँ। अपने चार बेटों को खाकर अब भी बैठी हूँ! हाय, दैव मुझे काहे नहीं उठा लेते!"

२

डीह बाबा

(अकाल की बलि)

जीता भरजाति के थे। कौन-सी भरजाति ? ईसा से प्रायः दो हज़ार वर्ष पूर्व, जब आर्य भारत में आये, तब से हज़ारों वर्ष पूर्व, जो जाति सभ्यता के उच्च शिखर पर पहुँच चुकी थी, जिसने सुख और स्वच्छता-युक्त हज़ारों भव्य प्रासादोंवाले सुदृढ़ नगर बसाये थे, जिसके जहाज़ समुद्र में दूर तक यात्रा करते थे। व्यसननिमग्न पाकर आर्यों ने उसके सैकड़ों नगरों को ध्वस्त किया। तो भी उसके नाम की छाप आज भारत-देश के नाम में है, वहीं भरत-जाति या भरजाति।

पराजित होने पर भी भरजाति आर्यों को सभ्यता सिखलाने में गुरु बनी। दुनिया में ऐसे अनेक दृष्टान्त हैं, जहाँ पराजित सभ्य जाति विजेता असभ्य जाति को अपनी सभ्यता-द्वारा पराजित करने में सफल हुई। सिन्धु की उपत्यका (जहाँ इन दोनों जातियों का संघर्ष हुआ) में भी सैकड़ों वर्ष पीछे भरजाति शासन-वाणिज्य, कला-कौशल सिखलाती और दासवृत्ति करती बसी रही। सभ्य बन जाने पर दीर्घकाय, गौरवर्ण, भूरे केश, लम्बी खोपड़ी और नीली आँखों वाले आर्यों को ये श्यामवर्ण, चिपटी नाकों और खर्वकाय लोग बुरे लगने लगे। बढ़ती हुई जनसंख्या, पास-पड़ोस में रहने से सन्तति में वर्ण-सङ्करता और आर्थिक प्रतिद्वन्द्विता—ये बातें थी, जिनके कारण आर्य लोग सिन्धु-उपत्यका से उन्हें निकालने पर मजबूर हुए। धीरे-धीरे

भर लोग पश्चिम से पूर्व की ओर हटने लगे। आर्य भी, संख्यावृद्धि के साथ, नये प्रदेशों की खोज में पूर्व की ओर फैलने लगे। जैसे-जैसे समय बीतता गया, वैसे-वैसे यद्यपि दोनों जातियों में रुधिर-सम्मिश्रण भी अधिक होता गया; और, समय पाकर सारी भरत-जाति ने अपनी भाषा छोड़कर आर्यों की भाषा को अपना लिया; लेकिन इन बातों ने भिन्नता की खाई को पाटने में मदद न पहुँचाई।

सिन्धु-उपत्यका की इस सभ्य जाति (जिसके प्राचीन नगरों के भव्य ध्वंसावशेष मोहन्‌जोडरो और हड़प्पा के रूप में आज भी जगत्‌ को चकित कर रहे हैं) की एक प्रधान शाखा पूर्वीय युक्तप्रान्त और बिहार में बसकर भर के नाम से प्रसिद्ध हुई।

जीता भर के पूर्वज कनैला में कब पहुँचे, इसका निश्चय करना आसान काम नहीं है। "बड़ी" पोखर की सील-सी लम्बी-चौड़ी ईंटें बतलाती हैं कि वह समय गुप्त-काल से पीछे नहीं हो सकता। सम्भव है ईसा पूर्व दूसरी शताब्दी (शुङ्गकाल) में वे ईंटें वहाँ मौजूद हों, जब कि, पतञ्जलि जैसे ब्राह्मणों ने, बुद्ध के समता के उपदेश एवं मौर्यों के सहानुभूति-पूर्ण बर्ताव से नष्ट होने वाली वर्णभेद की भयङ्कर व्याधि को फिर से उज्जीवित किया। ब्राह्मणशाही ने अब पुरानी जातियों को फिर सिर उठाने का मौका न देने का पक्का इरादा कर लिया था। फलतः माण्डलिक राजा या बड़ा सामन्त बनने के लिए अब गौरवर्ण या ब्राह्मणों का पक्का अनुयायी होना अनिवार्य हो पड़ा।

उस समय जीता के पूर्वज कनैला और उसके आस-पास के कितने ही गाँवों के मालिक थे।

बारहवीं शताब्दी में भी कनैला जीता के पूर्वजों का था; किन्तु गुप्त, बैस, प्रतिहार, गहड़वार, सभी के शासनकाल में बराबर भरजाति को नीचे गिराने का प्रयत्न किया गया। ऐसा क्यों न होता, जबकि, इस शूर जाति ने—'चाहे कुछ भी हो, ब्राह्मणशाही के सामने सिर न झुका-

वेंगे'—की क़सम खा रखी थी। ब्राह्मणों का फ़तवा निकला—बड़ी जातिवाले न सूअर पालें, न खावें। भरों ने कहा—कल तक तो इनके भी पुरखा सूअर के मांस का भोग लगाते थे, आज यह नई बात क्यों? पास के मठ के बौद्ध-भिक्षुकों की सम्मति अपने अनुकूल पाकर उनकी धारणा और भी पक्की हो जाती थी। उन्हें क्या मालूम था कि, एक दिन उनकी सन्तान को इन्हीं ब्राह्मण-न्यायाधीशों से पाला पड़ेगा और उस समय कोई भिक्षु उनकी हिमायत करने के लिए नहीं बच रहेगा?

काशीपति जयचन्द तुर्कों से युद्ध करते मारे गये। उनके पुत्र हरिश्चन्द्र कितने ही वर्षों तक अपने राज्य के पूर्वीय भाग पर शासन करते रहे। पश्चिम से तुर्क आगे बढ़ते आ रहे थे; और, तेरहवीं सदी के समाप्त होने से बहुत पहले ही, पूर्व भी तुर्कों के हाथ में चला गया।

कनैला के भर सामन्त निश्चय ही वीर थे; परन्तु वे समझदार न थे। कई बार छोटी-छोटी सैनिक टुकड़ियों को हरा देने से उनका मन बढ़ गया था। आखिर एक बड़ी तुर्क-सेना ने चढ़ाई की। पहले की लड़ाइयों के कारण उनकी संख्या बहुत कम हो गई थी, तो भी भर-सैनिकों ने अपने प्राणों की बाजी लगाकर मुकाबला किया। वह एक-एक कर युद्ध-क्षेत्र में काम आये। उनके कोट पर तुर्की फ़ौजी चौकी बैठा दी गई। उनके फौजी सरदार ने हुक्म दिया—सभी मुसलमान हो जायँ, नहीं तो क़त्ल कर दिये जायँगे। चूड़ीवाले पहले तैयार हुए। दर्जियों और धुनियों ने भी कुछ आगा-पीछा कर अपनी स्वीकृति दे दी। दूसरी जातिवालों में से कुछ घर छोड़कर भाग गये, कुछ अपने विश्वास के लिए बलिदान हुए; और कितनों ने इस्लाम-धर्म को अपनाकर अपनी प्राण-रक्षा की। तुर्क-फ़ौज ने अनाथ भर-स्त्री-बच्चों पर भी अपनी तलवार आज़माई; लेकिन पीछे उसे अपनी हृदय-हीनता पर लज्जा आई।

कनैला में तुर्कों की छावनी कितने दिनों तक रही, यह निश्चय से नहीं कहा जा सकता। हाँ, उनके अत्याचारों का एक उदाहरण वहाँ अब भी विद्यमान है। तुर्क-अफ़सर की आज्ञा थी कि, उसके शासित प्रदेश में जो कोई नवविवाहिता स्त्री मिले, उसे एक दिन के लिये जबर्दस्ती महल में लाया जाय। एक समय एक अभागा ब्राह्मण अपनी नवविवाहिता पत्नी को डोले पर लिये उधर-से आ निकला। जिस समय वह और उसके साथी कहार कोट से पूर्व दलसागर पर, जलपान कर रहे थे, उसी समय तुर्क-सिपाही आ पहुँचे। उन्होंने डोले को महल पर ले चलने को कहा। थोड़ी देर तक ब्राह्मण भौचक-सा रह गया। पीछे, सोचकर, उसने कहा—"मुझे अपनी स्त्री को ज़रा समझा लेने दें, जिसमें वह डर न जाय; पीछे आप डोले को ले जायँ।"

देर तक प्रतीक्षाकर सिपाहियों ने डोले के पर्दे को उठाया—देखा, वहाँ दो तरुणों के धड़ से अलग हुए सिर पड़े हैं!

दलसगड़ा (दलसागर) के पश्चिमी तट पर एक विशाल बरगद के नीचे रखी दूध से सिक्त दो मिट्टी की पिण्डियां, आज भी उन तरुणों के प्रेम और तुर्कों के अत्याचार का स्मरण दिला रही हैं!

❀ ❀ ❀

किसकी सदा एक-सी बनी रही? तुग़लकों और खिल्जियों का अन्त होते-होते कनैला के तुर्क-शासकों का भी अन्त हो गया। निर्वाह का सुभीता न होने से बहुत से निवासी जहाँ-तहाँ चले गये। पीछे रह गये चूड़ीवाले, दर्ज़ी, धुनिया, कोइरी और थोड़ी-सी बची हुई भर-सन्तान। लेकिन इन तीन शताब्दियों की बारह पीढ़ियों में भर कुछ-से-कुछ हो चुके थे। न उनके पास धरती थी, न धन; और न उनका समाज में पहले के समान स्थान ही था। ब्राह्मणों का विरोधकर उन्होंने उन्हें ऐसा शत्रु बना लिया था कि, अब ब्राह्मणों का अनुयायी

होने पर भी वह उन्हें क्षमा न कर सकते थे। उन्होंने अपनी बेबसी को तुरन्त नहीं स्वीकार कर लिया; लेकिन सैकड़ों वर्षों तक बागी बनकर, छापा मारकर भी, उन्होंने देख लिया कि, अकेला चना भाड़ नहीं फोड़ सकता। तो भी पूर्वजों का उष्ण रक्त उनकी नसों में बह रहा था। जब अपने बच्चों को, पेट की ज्वाला में जलते देखते, तब वे और न सह सकते थे। इसीलिए, जीविका के लिए, मज़दूरी और सूअर पालने के अतिरिक्त, उनमें से किन्हीं-किन्हीं को चोरी का पेशा भी करना पड़ता था।

वे अपने पूर्वजों को कितना भूल चुके थे, यह इसी से स्पष्ट है कि, भर-मातायें कनैला की पुरानी गाथा सुनाते वक्त, अपने बच्चों से कहती थीं—"पहले इस कोट पर एक राजा रहता था, उसकी बड़ी रानी ने एक पोखरा (तालाब) खुदवाया, जिसके नाम पर पोखरे का नाम 'बड़ी' पड़ा। लहुरी (छोटी) रानी ने वह पोखरा खुदवाया जिसे आज-कल 'लहुरिया' कहते हैं। राजा की एक लौंडी ने भी एक पोखरा खुदवाया, जो उसकी जाति के नाम पर 'नाउर' कहा जाता है।" वे यह न जानती थीं कि, कनैला का वह राजा उन्हीं का पूर्वज था।

शेरशाह, अकबर, जहाँगीर और शाहजहाँ के प्रशान्त शासन में भारत की—विशेषतः उत्तरी भारत की—अवस्था बहुत अच्छी थी। लूटपाट और छोटे-छोटे सामन्तों की मारकाट रुक गई थी। यद्यपि औरंगज़ेब ने अकबर की शान्ति और सहिष्णुता की नीति त्याग दी थी; किन्तु उसका युद्ध-क्षेत्र प्रायः दक्षिण-भारत रहा। इस प्रकार सोलहवीं-सत्रहवी शताब्दियों में जन-संख्या बढ़ने लगी। लोग अनुकूल भूमि की खोज में घर छोड़कर, दूर-दूर जाकर, बसने लगे।

सत्रहवीं शताब्दी के अन्त में, मलाँव के पण्डित चक्रपाणि पाँडे काशी से विद्या पढ़कर घर लौट रहे थे। रास्ते में एक हिन्दू सामन्त के

यहाँ ठहरे। लोग तो कहते हैं, पण्डित की धोती को आकाश में सूखती देख, सामन्त उनका भक्त हो गया; लेकिन वास्तविक बात थी पण्डित का अद्भुत पाण्डित्य। सामन्त ने ब्राह्मण चक्रपाणि को बहुत-सी भूमि दान दी; और पण्डित जी सरवार (सरयूपार) से आकर वहीं बस गये। उन्हीं के नाम पर उस गाँव का नाम चक्रपाणिपुर (चकरपानपुर) पड़ा।

चक्रपाणि की चौथी या पाँचवीं पीढ़ी (प्रायः १७५० ई०) में उनके ज्येष्ठतम वंशज, अपने गाँव की भूमि को अपर्याप्त समझ, पास के कनैला गाँव में जा बसे। नहीं कहा जा सकता, उन्होंने कनैला का स्वामित्व "जिसकी लाठी उसकी भैंस" की नीति से प्राप्त किया, या किसी अन्य शान्तिमय ढंग से। यह तो निश्चय है कि, कनैला चक्रपाणि की भूमि में सम्मिलित न था, अन्यथा चकरपानपुरवालों का भाग कनैला में क्यों न होता, जब कि, कनैलावालों का हक़ चकरपानपुर में था।

कनैला में आकर बसनेवाले प्रथम ब्राह्मण देवता में न पंडिताई थी और न किसान बनने की इच्छा। उन्होंने अपने रहने के लिए एक छोटा-सा कोट बनवाया। उस समय डाकुओं और शत्रुओं से रक्षा पाने के लिए इसकी बड़ी आवश्यकता थी। गाँव में नौ सौ एकड़ भूमि थी। ब्राह्मणों के अतिरिक्त चूड़ीवाले, दर्जी, धुनिया, कोइरी, चमार और भर वहाँ की प्रजा थे। कनैला की आधी से अधिक ज़मीन ऊसर या परती थी। बाक़ी में खेत थे। जौ, गेहूँ के खेतों का अधिकतर भाग उस जगह पर था, जहाँ पुरानी बस्ती का कोट और डीह था। प्रथम पुरुष के तीनों पुत्रों की बढ़ती सन्तानों के भूमि का बँटवारा कर लेने पर पहले जैसा ठाकुरी ठाट नहीं चल सकता था। अब उन्होंने धान के खेतों को ख़ास अपने जोत में रखा; क्योंकि उसमें परिश्रम कम

करना पड़ता था और दूसरे खेतों को अपने भर मज़दूरों के ज़िम्मे कर दिया।

भर अपने अतीत गौरव को भूल चुके थे। बीच के चार सौ वर्षों में जिन दुरवस्थाओं से होकर उन्हें गुजरना पड़ा, उन्हें यादकर अब वे अपनी वर्त्तमान अवस्था में ही सन्तुष्ट थे। उन्हें नये मालिकों का बर्ताव अच्छा मालूम होता था। मालिकों ने अपना सारा काम उनके ऊपर छोड़ रखा था। यद्यपि भरों का सूअर पालना उन्हें अच्छा न लगता था। तो भी वे उनकी स्थिति काफी ऊँची समझते थे। इसीलिए वे भर के भरे पानी से मिश्रित गन्ने के शरबत को निःसंकोच पीते थे।

ब्राह्मणों की चौथी पीढ़ी (१८२५ ई० के क़रीब) की अवस्था बहुत ही भयावह थी। पूर्व दिशा में भदयाँ के राजपूत उनकी बहुत-सी भूमि हड़प लेना चाहते थे और दक्षिण दिशा में बेलहा के बैस। अँगरेज़ी राज्य क़ायम हो जाने पर भी वह लाठी और तलवार का ज़माना था। यदि उस समय जीता के पूर्वजों का बाहुबल ब्राह्मणों के साथ न होता, तो कौन कह सकता है, कनैलवाले अपनी बहुत-सी भूमि खो न बैठे होते। बेलहावाले जब कितनी ही बार लोहा लेने में असफल हुए, तब उन्होंने सीमा के झगड़े का निर्णय पंच-द्वारा कराना चाहा। कनैलावालों ने भी इसे मंज़ूर किया। किन्तु घूस लेकर सीमा की रेखा खींचते वक्त पंच कनैला बस्ती के पास की ओर बढ़ने लगे। अधिक चुप रहने का मतलब था और भी भूमि से हाथ धोना; इसलिए भर, अपने मालिकों के साथ, हथियार ले निकल पड़े। पंच भी सँभल गये और वे और आगे न बढ़े। इस पंचायत में कनैलावालों के सैकड़ों बीघे धान के खेत निकल गये।

अतीत की शताब्दियों की मार खाते-खाते, उन्नीसवीं शताब्दी के अंत में कनैला के भर तीन टोलों में बसे थे। सबसे पच्छिमवाले

टोले के मुखिया जीता भर थे; इसीलिए उसे "जीता भर का टोला" कहा जाता था। वह कुल नौ घरों की बस्ती थी। सभी घर फूस के थे। प्रत्येक घर में, सूअरों के रहने के लिए, एक छोटा-सा झोपड़ रहता था। सावन-भादों और माघ-पूस में, सभी के घरों में, नाज का अभाव हो जाता था; लेकिन जीता की अवस्था औरों से कुछ अच्छी थी। सूअर पालने, थोड़ी-सी खेती तथा मालिकों की मज़दूरी करने के अतिरिक्त जीविका के लिए जीता के भाई-बन्दों ने कुछ आम, महुवे और ताड़ के वृक्ष भी लगा रखे थे। ताड़ी के मौसिम में शाम को मटकियों में ताड़ी भर वे अपनी पानगोष्ठी रचते थे। थोड़ी ही देर में वे अपनी वर्तमान अवस्था को भूल जाते थे। उस समय यदि आप वहाँ रहते, तो उनके मुँह से, और भली-बुरी बातों के अतिरिक्त, सैकड़ों वर्षों के पुराने गीत और कथायें भी सुनते। ब्याह और होली के अवसर पर भर स्त्री-पुरुष नृत्य करते थे। चरित्रहीन धनिकों ने जब नृत्य की दिव्यकला को, वेश्याओं के हाथ में दे, उसे लज्जा की बात बना दिया; तब भी इन जैसी कुछ जातियों ने, सभी फ़तवों को ताक पर रख, इस कला के कुछ अंश को जीवित रखा।

सन् १३०४ फ़सली (१८९७ ई०) का समय था। रोहिणी नक्षत्र में एक भी बूँद न पड़ी। मृगशिरा को तपते देख लोगों को आशा हुई कि, आर्द्रा वर्षा लावेगी; लेकिन आर्द्रा भी चली गई। कुछ लोगों ने, आगे वर्षा की आशा से, कुएँ से पानी भर कर धान का बीज डाल दिया। पुनर्वसु और पुष्य आये और चुपचाप चले गये। दिन को आकाश में जहाँ-तहाँ बादलों को मँड़राते और रात को नंगे नीले आकाश को देख-कर जब कोई कह उठता—"रात निबद्दर दिन में छाया। कहँ घाघ अब बरसा गया" तो किसानों के कलेजे में वज्र-सा लग जाता था। आश्लेषा को मौन देख लोगों का धैर्य विचलित होने लगा। मघा,

पूर्वा, उत्तरा, हस्त, चित्रा, सभी में पानी का पता था, सिर्फ़ ज्योतिषियों के पत्रे में !

सन् ४ का घोर अकाल अपना विकराल रूप धारण कर रहा था। कितने ही कुएँ सूख गये। लोगों ने वृक्षों की पत्तियाँ पशुओं को खिला दीं। दूसरे मज़दूरों की भाँति जीता के टोलेवालों की भी चैत की फ़सल की कमाई असाढ़ से पहले ही खतम हो जाती थी। सावन भादों कुछ मज़दूरी और कुछ उपवास पर कटते थे। अब की भी उन्होंने उसी तरह बिताया; किन्तु बहुत भेद था। कहाँ और सालों का फ़ाका निकट भविष्य की आशा सामने रखता था और कहाँ इस साल का घोर अन्धकारमय भविष्य !! भदई (खरीफ़) और धान की फ़सल बोई ही नहीं गई। खेतों की भूमि पत्थर-सी कड़ी थी। ताल-पोखरों में जल की बूंद न थी। ऐसी अवस्था में रबी (जौ, गेहूँ) की फ़सल के होने की कौन आशा करता ? सावन, भादों और क्वार के तीन महीनों के नब्बे दिन, जिनके लिए नब्बे युग की भाँति कटे हों, वे अगले जेठ तक के ढाई-सौ दिनों का ख्याल मन में आते ही क्यों न काँप उठें ! जीता के मालिकों ने कुछ सहायता ज़रूर की; किन्तु वे कहाँ तक सहायता करते, उनके पास भी तो अन्नपूर्णा का अटूट भंडार न था !

सूखेमुँह कृशगात्र बच्चों को लिये भूखे माता-पिता अपने सरदार जीता के पास जमा होते थे। उनकी वेदना को प्रकट करने के लिए शब्दों की आवश्यकता न थी। जीता बहुत चतुर और अत्यन्त सहृदय थे। उनका चित्त यह सब देखकर विकल हो उठता था। वे दिल थामकर कहते थे—"आगम अन्धकार में है, तो भी दैव की बड़ी बाँह है। क्या जाने स्वाती बरस जाय !"

जब उनमें से कोई विदेश जाने की बात कहता, तो जीता कह उठते—"हमारी सैकड़ों पीढ़ियाँ इसी धरती में गल गईं। अपनी जनम-धरती छोड़कर विदेश में भागें ! धीरज धरो, भगवान् कोई रास्ता

निकालेंगे।' फिर बोलते—"अच्छा, आज भूरा सूअर मारो। लेकिन थोड़ा-थोड़ा खाना। बच्चों को अधिक देना, सयानों को कम।"

जीता की दृढ़ता और आश्वासन से सबका चित्त, कुछ देर के लिए शान्त हो जाता; किन्तु जीता के स्वयं अपने चित्त में प्रलय का दावानल दहक रहा था। वे अगले आठ मास की भयंकरता को भली प्रकार समझते थे। हर तीसरे-चौथे दिन लोग फिर पहुँचते थे। जीता ने अपने दादा के वक़्त के आभूषण, अपनी प्रिय अकबरी मुहर की तावीज को ही नहीं बेच डाला, बल्कि घर में चाँदी-काँसे का जो भी जेवर, जो भी बर्तन या चीज़ थी, सभी को बेंच-बेंचकर अपने टोले को जिलाया। हर तीसरे-चौथे दिन एक सूअर मारा जाता था। जैसे-जैसे सूअरों और चीज़ों की संख्या कम हो रही थी, वैसे-ही-वैसे उनकी चिन्ता भी पराकाष्ठा को पहुँचती जा रही थी। अब तक भूख के कारण रोगी होकर तीन आदमियों की मृत्यु हो चुकी थी !!

अगहन मास के साथ ही अन्न के सभी साधनों का भी अन्त हो रहा था। एक अंगुल भी खेत के न बोये जाने से अब दूसरी वर्षा तक कोई आशा न थी। इसी समय जीता के कान में उड़ती खबर आई कि—दूर गाँव के उनके एक सम्बन्धी से किसी ने आसाम के चाय-बागान में नौकरी दिलाने की पक्की की है; और, वह सपरिवार वहाँ जा रहा है। जीता वैसे चाय-बागान और टापू के आरकाटियों की बात से बड़ी घृणा करते थे; किन्तु उस दिन उनका मन बदल गया था।

सम्बन्धी के घर जाने पर उन्हें वह आदमी मिल भी गया। उसने जीता से कहा—"तुम भी अपने आदमियों को लेकर चल सकते हो। रास्ते में खाने-पीने का खर्च हम देंगे। आसाम में चलकर सबको तनख्वाह मिलेगी, रहने को घर मिलेगा। पाँच वर्ष काम करके वहाँ बस जाने पर मुफ़्त भूमि लेकर खेती भी कर सकोगे।"

जीता के लिए चारों ओर अन्धकार था; यहीं उन्हें प्रकाश की एक पतली-सी रेखा दिखाई पड़ी। वे समझते थे—'यदि कनैला में रहे, तो भूख के मारे सारे परिवार की मृत्यु होगी; यदि आसाम जाते हैं, तो कल से ही भूख की यातना दूर होती है।' मृत्यु का पथ छोड़कर उन्होंने जीवन के पथ को स्वीकार किया। आदमी ने घर के लोगों को लाने के लिए पाँच रुपये दिये।

जीता के टोले के नवों घरों के सभी लोग स्त्री-बच्चों-सहित यात्रा के लिए तैयार थे। जीता जब से पूरब जाने का सन्देश लेकर आये, तभी से उनका मन तरह-तरह के विचारों में डूब रहा था। रह-रह कर एक ठंडी हवा का झोंका उनके कलेजे के अन्तस्तल तक घुस जाता था। ऐन चलते वक्त उन्होंने कहा—"थोड़ा ठहरो, डीह बाबा की वन्दना कर आवें।"

'डीह बाबा' जीता के घर के दक्खिन ओर, थोड़ी ही दूर पर, थे। यहीं पास में वह कोट था, जिस पर जीता के पूर्वज कभी शासक के तौर पर रहा करते थे! पीछे वह तुर्क सामन्त का निवास हुआ!!

'डीह बाबा' के स्थान को देखते ही जीता अपने को सँभाल न सके। उन्होंने रुद्ध-कण्ठ से कहा—"हे डीह बाबा, हमने कौन अपराध किया; जो तुम हमारे परिवार को अपनी शरण से हटा रहे हो! क्या अपनी सैकड़ों पीढ़ियों की तरह हमने हर साल तुम्हें सूअर और कढ़ाई नहीं चढ़ाई! क्या भले-बुरे में कभी भी हमने तुम्हें बिसराया! अरे अपने सेवकों के इन दुधमुँहे बच्चों पर भी तुम्हें दया नहीं आई! अच्छा, हम तुम्हारे बालगोपाल जहाँ जायँ, तहाँ रछपाल करना। लेकिन, हाय! यह पुर्खों का चौरा फिर कहाँ दर्शन करने को मिलेगा......!!"

जीता को अधीर होते देख सारा परिवार रोने लगा! उन्हें जान पड़ता था उनकी कोई प्राणसम वस्तु उस स्थान पर दबी हुई है। सह-स्राब्दियों के अत्याचार, अपमान, भूख और यातना की कटुतम स्मृति

को विदीर्ण कर आज उस भूमि के साथ का वह अतीत सम्बन्ध अपने प्रभाव को अविरल अश्रुधाराओं के रूप में प्रकट कर रहा था! लेकिन क्या उससे क्षुधा शान्त हो सकती थी!

महीनों के कड़े सफ़र के बाद जीता अपने बचे-खुचे साथियों के साथ आसाम पहुँचे। रास्ते में चार आदमियों की मृत्यु हुई।

चाय-बागान में रहते जीता को आज चौंतीस वर्ष हो गये। उनके अधिकांश साथी मर चुके हैं। अस्सी वर्ष से ऊपर पहुँचकर, जीता भी, पके आम की तरह, गिरने की बाट जोह रहे हैं। अब भी वे अपने लड़कों को, कभी-कभी, गद्गद् स्वर से, कनैला के अपने डीह की कथा सुनाते हुए कहते हैं—"बेटा, एक बार ज़रूर डीह बाबा को पूजने कनैला जाना।"

कुछ वर्ष हुए कनैला का एक अनपढ़ ब्राह्मण उनके यहाँ पहुँचा। उन्होंने, बड़े समारोह से, सत्यनारायण की कथा दूसरे से कहवाई। कथावाचक को थोड़ा-सा पैसा दे ४०) रुपये नक़द और कपड़े-लत्ते का चढ़ावा अपने ब्राह्मण को दिया। उसी के हाथ, अपने 'डीह बाबा' की पूजा के लिए, उन्होंने एक पीली धोती और होम का सामान भी भिजवाया!

३

पाठक जी

(दुःखान्त अवसान)

औरङ्गज़ेब की मृत्यु के साथ मुसलमानों के प्रभुत्व का पतन आरम्भ हुआ, लेकिन वही समय है, जब कि मुग़लों के दृढ़ शासन के फलस्वरूप बढ़ी हुई जन-संख्या ने नये-नये गाँवों और बस्तियों को बसाना शुरू किया। पाठक जी के पूर्वज इसी प्रकार १८ वीं शताब्दी के प्रथम पाद में प...गाँव में आकर बस गये। उस समय प...के आस-पास घना जंगल था, जिसमें भेड़िये बहुतायत से रहा करते थे। पश्चिम ओर छोटे द्वीपावाली एक पुरातन विशाल पोखरी थी। इसका महामाई नाम शायद पाठक के पूर्वजों ने स्वयं रक्खा था। इसी पोखरी के पश्चिम तट पर ब...नाम का छोटा गाँव था, जिसमें खानदानी, सैयद, कारीगर, जुलाहे, साग-भाजियां पैदा करनेवाले मेहनती कोइरी लोग निवास करते थे। यहां की अनेक ईंट-चूने की क़ब्रों से प्रकट होता था कि कभी यह स्थान बहुत समृद्धिशाली था। प...गाँव के उत्तर तरफ़ भी पुरानी बस्ती के कुछ चिह्न थे। लोग पूछने पर बतलाया करते थे कि यहां कभी सिउरी रहते थे, जो पीछे उजड़ कर दूर देश में चले गये। अब भी उनके वंशज उन सुदूर देशों से रात को कभी-कभी आकर बीजक की सहायता से अपने पूर्वजों के गड़े खज़ाने का पता लगाया करते हैं।

सवा सौ वर्ष बाद अपने प्रथम पूर्वज की ५ वीं पीढ़ी में (१८४४ ई० में) पाठक पैदा हुये थे। तब चारों ओर अँगरेज़ों का राज्य था। प... में एक घर के ब्राह्मणों के १७ घर हो गये थे। उनके साथ आये अहीरों और चमारों के भी कितने ही घर हो चुके थे। यद्यपि अब जंगल काट कर बहुत-से खेत बन गये थे, तो भी इतना जंगल आस-पास में था, जिसमें भेड़िये गुज़र कर सकते थे। पाठक अपने पिता के तीन पुत्रों में मँझले थे, तीनों भाइयों में पाठक कम गोरे थे, तो भी इनका रंग गेहुँये से ज्यादा साफ़ था। तीनों ही भाई विशालकाय थे, जिनमें पाठक की शरीर-गठन बहुत ही अच्छी थी। पाठक के पिता के पास खेती के अतिरिक्त काफ़ी गायें-भैंसें थीं। लड़कपन में पाठक को इन्हीं को चराने का काम मिला था। जब पाठक १२-१३ वर्ष के हुये, तभी माता-पिता ने शादी कर दी। पाठक अपनी भैंस-गायों के चराने में मस्त रहते थे। घर में दूध-घी की इफ़रात थी। यौवन में पदार्पण के साथ पाठक के रग-पुट्ठों में भी असाधारण बल की झलक दिखाई पढ़ने लगी। लड़के की रुचि कुश्ती की ओर देखकर पिता ने उस समय के रिवाज के मुताबिक़ बरसात में कसरत-कुश्ती सिखाने के लिए एक नट रक्खा। तीन महीने बाद नट को एक भैंस इनाम में मिली। पाठक ने और भी कुछ बरसातें अखाड़े में बिताईं।

* * *

पाठक के गाँव का कोई आदमी नौकरी करने के लिए जिले से बाहर गया हो, इसका पता नहीं। यही नहीं, आस-पास के गाँवों से भी शायद ही किसी ने प्रान्त से बाहर पैर रक्खा हो। पाठक की चरवाही की पाठ-शाला में भूपर्यटकों के ज्ञान का भाण्डार खुला रहता हो, इसकी संभावना नहीं थी; तो भी पाठक को कहीं से हवा लगी ज़रूर। १८ वर्ष की उम्र में ही पिता के कहीं रक्खे हुये डेढ़ सौ रुपयों को लेकर १८६२ ईसवी में वे वैसे ही चम्पत हुये, जैसे ४६ वर्ष बाद उनका नाती उनके रुपये लेकर।

युक्तप्रान्त के इस पूर्वी छोर से सुदूर दक्खिण-हैदराबाद को अभी रेल शायद न बनी थी। घर से भाग कर विदेश में चलें—इतना ही उन्हें घर छोड़ते समय ख़्याल आया था। वे हैदराबाद के जालना क़स्बे में अँगरेज़ी पल्टन में नौकरी करेंगे, इसका उन्हें कुछ ख़्याल भी न था। किन्तु रास्ते के साथियों के कारण आखिर एक दिन वे जालना पहुँच गये। वहाँ उस समय एक पूर्विया फ़ौज रहती थी, जिसमें पाठक के ज़िले के भी कितने ही राजपूत सिपाही थे; पलटन के सूबेदार मेजर रम्मूसिंह भी उनके अपने ही ज़िले के थे।

एक दिन पाठक भी अखाड़े पर गये। आज कुछ विशेष चहल-पहल थी। कुश्ती देखने के लिए पलटन के अफ़सर भी कुर्सियों पर डटे थे। पाठक ने भी लड़ने की इच्छा प्रकट की। वे सबसे तगड़े आदमी से लड़े। १८-१६ वर्ष के नवयुवक के लिए वह आदमी बहुत भारी मालूम होता था, और कुछ लोग सन्देह में पड़ने लगे थे; किन्तु कुछ ही मिनटों में पाठक ने उसे चित्त कर दिया। कप्तान साहब ने कूद-कर तरुण की पीठ ठोंकी, कुछ इनाम भी मिला। और सबसे बड़ी बात यह हुई कि कप्तान साहब ने खुद सूबेदार मेजर से कहकर उसी दिन पाठक को फ़ौज में भर्ती करा दिया। पाठक ने तनख्वाह और इनाम के १५०) में से सौ रुपये सूबेदार मेजर के साथ में रख कहा—मैं अशर्फ़ियों का कण्ठा पहनना चाहता हूँ। उसी दिन वे रुपये जालना के मारवाड़ी सेठ के पास भेजे गये और दो-तीन दिन के बाद पाठक के गले में सात मुहरों का कण्ठा बन गया।

पाठक शरीर से जैसे बलवान थे, वैसे ही निशाने में भी सिद्धहस्त निकले। क़वायद-परेड का काम सीख लेने के बाद ही कप्तान साहब ने उन्हें अपना अर्दली बना लिया। पलटन के अफ़सरों को हमेशा कोई उतना काम तो होता नहीं। जाड़ों में साहब बहादुर कभी हैदराबाद के जंगलों में, कभी मालवा और नागपुर के वनों में शिकार करते फिरते

थे। पाठक भी उनके साथ रहते थे। कितने ही बाघ साहब मारते थे, और कितने ही पाठक के मारे बाघ भी साहब के नाम दर्ज होते थे। हाँ, बाघ मारने का सरकारी इनाम और उसके चमड़े का दाम ही नहीं, ऊपर से साहब की ओर का भी इनाम पाठक को मिल जाया करता था।

इस जीवन की शिकारयात्राओं की बातें बुढ़ापे में पाठक बड़ी रात बीते तक अपनी सुहृदय धर्मपत्नी को सुनाया करते थे। उस वक्त उनकी बग़ल में बैठा या गोद में लेटा आठ दस वर्ष का उनका नाती उन बातों को सुनता और आश्चर्य करता। कामठी, धुलिया, अमरावती, नासिक यद्यपि उस समय उस बच्चे को बेमानी मालूम होते थे, किन्तु उन्होंने पीछे उसकी भूगोल और नक़शा पढ़ने में बड़ी दिलचस्पी पैदा की। पाठक कहा करते थे—उधर पहाड़ों में 'बिसकर्मा' (विश्वकर्मा) के हाथ के बनाये बड़े-बड़े महल हैं वे पहाड़ काटकर बनाये गये हैं। बिसकर्मा ने उन्हें बनाया तो था देवताओं के लिए, किन्तु जब तक देवता आयें आयें तब तक राक्षसों ने उनमें बसेरा कर लिया। देवताओं को खबर देकर जब वे लौटते हैं, तब क्या देखते हैं कि चारों ओर बोतलें खनखना रही हैं। बिसकर्मा ने शाप दिया—जाओ तुम सब पत्थर हो जाओ। पाठक बड़ी गम्भीरता से पठकाइन से कहते—आज भी वे राक्षस या तो हाथ में बोतल लिये, या ताथेई-ताथेई नाचते, या आँख-मुँह बनाते दिखाई देते हैं। देखने से क्या मालूम होता है कि वे पत्थर हो गये हैं।

पाठक इसी प्रकार साहब के साथ जाड़ों में शिकार खेलते, गर्मियों में शिमला और ठंडे पहाड़ों पर घूमते मौज कर रहे थे। उन्हें नौकरी करते दस वर्ष हो गये थे और इस बीच में उनके साथी—और कुछ तो उनकी सिफ़ारिश पर—तरक्क़ी करके नायक और जमादार बन गए

थे, किन्तु उनको न उसकी उतनी इच्छा थी और न साहब ही वैसा करना चाहते थे।

पिछले सात-आठ वर्षों में पाठक ने कभी एक-आध चिट्ठी तो ज़रूर भेज दी थी, किन्तु घर आने का ज़िक्र तक न किया था। 'उड़ती हुई चिड़िया ने' घर पर खबर दे दी थी कि पाठक ने वहां स्त्री कर ली है। वस्तुतः था भी ऐसा ही। जालना में कितने ही ऐसे भी घर थे जो पूर्बिया सिपाहियों की मराठी स्त्रियों की संतान थे। ऐसे ही एक परिवार की स्त्री उनकी चिररक्षिता हो गई थी। उससे उन्हें एक पुत्र भी हुआ था। पाठक ने उसके लिए घर भी बनवा दिया था। शायद पाठक का वह पुत्र या उसकी सन्तान अब भी जालना में हों (यदि जालना की अँगरेज़ी छावनी के टूटने के साथ वे अन्यत्र न चले गये होंगे)। आठ-नौ वर्ष बीत गये। पाठक के पिता भी मर गये। पाठक के भाइयों का भी बर्ताव उनकी स्त्री के साथ कुछ बहुत अच्छा न था। स्त्री ने अपने भाई को हैदराबाद भेजा। पाठक स्वयं तो न आये किन्तु उन्होंने साले के हाथ स्त्री के लिए कुछ रुपये भेजे। साले ने उस रुपये को अपनी दुखिया बहन को देना पसन्द नहीं किया।

३, ४ वर्ष और बीते, इसी बीच पाठक दिल्ली-दरबार भी हो आये। अभी उनका जीवन-स्रोत वैसा ही बह रहा था। बलजोर और दवन दो राजपूत नौजवानों से उनको सगे भाई से भी ज़्यादा मुहब्बत थी। सच पूछिए तो अब उनके लिए जालना घर से कम न था। उनको प... की फ़िक्र हो तो क्यों ! किन्तु एक दिन किसी ने पाठक से सूबेदार रम्मूसिंह की कथा सुनाई। वह कई वर्ष पूर्व पेन्शन पाकर घर चले गये थे। रम्मूसिंह जब से पलटन में नौकरी की थी तब से एक ही दो बार कुछ समय के लिये घर गये थे या शायद नहीं ही गये थे। पेन्शन के बाद एक बक्स में अशर्फ़ियाँ भर कर वे घर पहुँचे। उनकी स्त्री

अब बूढ़ी हो चुकी थी। बूढ़े सूबेदार मेजर ने अशर्फ़ियों का बक्स उनके सामने खोल दिया। ख्याल किया होगा, स्त्री बहुत प्रसन्न होगी, किन्तु प्रसन्नता का पता तो तब लगा जब सूबेदार मेजर ने पानी माँगा और उत्तर मिला कि "उन्हीं अशर्फ़ियों से लो। तुमने तो ज़िन्दगी में अशर्फ़ियाँ ही पैदा कीं, पानी देनेवाले थोड़े ही पैदा किये।" बेचारे सूबेदार पर क्या बीती होगी, इसका तो पता नहीं, किन्तु पाठक पर इस बात का बड़ा असर हुआ। परिणाम यह हुआ कि कुछ ही दिनों के बाद सबके कहते-सुनते रहने पर भी नाम कटा कर वे घर के लिए रवाना हो गये।

* * *

घर लौटने की सबसे अधिक प्रसन्नता पाठक की स्त्री को होनी ही चाहिए थी। यदि भाइयों के पास समय-समय पर कुछ रुपया आया करता तो इसमें शक नहीं कि पाठक की स्त्री की उतनी उपेक्षा न होती। पठकाइन में एक बड़ा गुण यह था कि वे झगड़ा पसन्द न थीं, किन्तु इसका ही दुष्प्रभाव यह था कि दूसरों के प्रतिकूल व्यवहार को वे मन में रखती जाती थीं। कड़वे मुँहवालों में अक्सर देखा जाता है कि वे किसी के दुर्व्यवहार को फ़ौरन मुँह से निकाल कर भीतर-बाहर दोनों ओर ठण्डे हो जाते हैं। बेचारी पठकाइन में यह गुण या अवगुण था नहीं, वे बारह वर्ष तक की उपेक्षाएँ ताने सब कुछ दिल में रखती गई थीं। पाठक के आने के बाद वह लेखा एक-एक कर खुलने लगा। परिणाम यह हुआ कि थोड़े ही समय के बाद पाठक भाइयों से अलग हो गये।

अब उन्होंने अपने घर को कुछ अपनी रुचि का बनाना चाहा। पहले तो उन्होंने द्वार पर पक्का कुआँ बनवाया और रहने के लिए ईंटों का मकान। पाठक को यह पसन्द न था कि वे अपना गन्ना दूसरे के कोल्हू में पेरने ले जायँ। इसलिए चुनार जाकर एक पत्थर का कोल्हू

ले आये। कोल्हू को अपने द्वार पर ही गाड़कर उन्होंने दो घर 'कुल्हाड़' के लिये भी बनवा दिये। उनके पास अपना पैत्रिक खेत दो बीघे से ज्यादा न थ। कुछ दिनों के बाद उनके एक समीपी कुटुम्बी ने तीनों भाइयों से कहा—मुझे रुपये की आवश्यकता है। तुम लोग मेरे हिस्से का इतना खेत ले लो। नहीं तो मैं दूसरे को बेंच दूँगा। तीनों भाइयों ने मिलकर खेत लिखा तो लिया, किन्तु छोटा भाई दाम न दे सका। पाठक ने उस भूमि को भी ले लिया। इस प्रकार अब पाठक के पास पाँच बीघे (तीन एकड़ से कुछ अधिक) के क़रीब ज़मीन हो गई। घर में दो प्राणी थे। एक लड़का हुआ, किन्तु कुछ ही समय के बाद मर गया। १८७६ ई० के क़रीब पाठक को एक लड़की पैदा हुई। वही उनकी अन्तिम और एकमात्र जीवित सन्तान थी। घर में उसका लड़के के ही समान लाड़-प्यार था और होना ही चाहिए था। ९-१० वर्ष की होने पर, लड़की का व्याह १० मील पर एक दूसरे गाँव में कर दिया गया। लड़की अधिकतर मायके ही में रहती थी, ससुराल जाने पर हर दूसरे हफ्ते मा का आदमी कुछ लेकर पहुँचा रहता था। १८९३ ईसवी में लड़की को एक पुत्र हुआ। नाती के जन्म से पाठक-पाठकाइन दोनों को अपार आनन्द हुआ। नाती जब अपना मा से अलग रहने लायक हो गया तब वह नाना का हो गया। अब बेटी की ममता भी नाती पर चली आई, इससे अब उसे ससुराल से अधिक रहने की इजाज़त हो गई।

पाठक के बड़े भाई के पाँच बेटे थे और छोटे के दो। उस थोड़ी सी भूमि से बड़े भाई के इतने बड़े परिवार का गुज़र होना बहुत कठिन था। वे देखते थे कि जो जायदाद उनको मिलती उसके लिए नाती तैयार किया जा रहा है। इसका परिणाम यह हुआ कि दोनों परिवारों में अनबन रहने लगी। दिल में जलन तो थी ही, ज़रा-सा भी मौका मिलते आग भड़क उठती, दो-चार गाली-गलौज होती और फिर

तीन-चार मास के लिए दोनों ओर के गाल फूल आते।

पाठक अपने हाथ से काम करना अच्छा न समझते थे। पलटन के तिलङ्गा जो रह चुके थे। घर में दूध देनेवाली एक भैंस वे जरूर रक्खा करते थे बहुत पशुओं के शोकीन न थे, सिर्फ दो बैल और एक भैंस रखते थे। दूध और छाछ के बिना उनका काम न चल सकता था। पहले मछली-मांस की भी खूब चाट थी, किन्तु पीछे खानदानी गुरु और अपनी स्त्री के बार-बार कहने पर मजबूर हो बेचारे एक सौ ग्यारह नम्बर वाले धर्म के चेले हो गये। एक काठ की कण्ठी गले में डाल दी गई और पाठक को अपने प्रिय भोज्य से वञ्चित हो जाना पड़ा। तो भी जब उनका नाती कुछ खाने-पीने लगा तब वे कण्ठी और वैष्णवता के रहते भी नाती के लिए कहीं मछली मिल जाती तो लाये बिना नहीं रहते थे। जीती मछलियों को तो चार-चार पाँच-पाँच सेर लेकर वे एक नाद में पाल लेते थे, जिन्हें नाती निकाल-निकाल कर भूनता-तलता था। नाना-नानी ढंग बतलाने और हल्दी-मसाला पीसकर दे देने में कोई हिचकिचाहट नहीं करते थे।

पाठक की थोड़ी भूमि उनकी परिमित आवश्यकता के लिए काफ़ी थी। खेत से अनाज और भैंस से दूध-घी उन्हें मिल जाया करता था। घर का काम-काज बहुत कम था। बाहर का काम उनका हलवाहा या दूसरा कर देता था और घर का उनकी स्त्री। बस पाठक को खाना, सीना और सबसे बड़ा काम गप्पें मारना था। उस समय प...गाँव के किसी बाग़, कुल्हाड़, या खलिहान में यदि आप पाँच-सात आदमियों के बीच एक मोटे ताज़े अधेड़ पुरुष को देखते जो कि पैर और कमर को अँगौछे में बाँध कर कुर्सी बनाये बैठे बातें करता होता, तो समझ जाइए वह पाठक महोदय होते। यद्यपि उन्होंने बारह-तेरह वर्षों में बहुत-से देश और लोग देखे थे, तो भी जब उन्हीं बातों को और उतने ही आदमियों में रोज़ दो-तीन घण्टा कहा जाय तो वे कितने दिनों तक नई रह सकती

थीं ! फलतः बाज़ श्रोता पाठक के बात आरम्भ करते ही कह देते—हाँ, यह हिंगौली छावनी के पहलवान की कथा होगी। तो भी पाठक ऐसे जीव न थे कि श्रोता की अनिच्छा के कारण अपनी कथा छोड़ बैठते।

प. गाँव में सरस्वती का सत्कार न था। पाठक का छोटा भतीजा प्राइमरी तक पढ़े था, फिर उनका नाती ही पहला आदमी था, जिसने मिडिल पास किया। पाठक स्वयं अनपढ़ रहते हुए भी विद्या के लाभ को जानते थे, इसीलिए अभी नाती जब पाँच ही वर्ष का था तभी पास के स्कूल में पढ़ने के लिए बैठा दिया। वे कहा करते थे—और नहीं तो बैठना तो सीखेगा। पाठक के फुफेरे भाई सदर-आला होकर मरे थे, वही ख्याल करके अपनी स्त्री से वे कहा करते थे—ज़रा मिडिल पास हो जाने दो, फिर मैंने जहाँ एक दिन जाकर पादरी साहब के यहाँ बड़ी सलामी दागी कि बच्चे को अँगरेज़ी स्कूल में भर्ती कराकर ही छोड़ूँगा। पाठक को और भी बड़े-बड़े मनसूबे बाँधने की उत्तेजना इस बात से सब से अधिक मिलती थी कि उनका नाती पाठशाला में अपने दर्जे में बराबर अव्वल रहा करता था।

पाठक ने नाती को अपने सुख के लिए ही इतने लाड़-प्यार से पाला था, किन्तु इसी प्रेम ने उनके जीवन की संध्या को दुःखान्धकार पूर्ण बना दिया। वस्तुतः यदि पाठक को अपने मन से करने दिया गया होता तो वे अपने भतीजों को दुश्मन न बनाते। उनका अपने भाइयों के प्रति हमेशा स्नेहपूर्ण बर्ताव रहता था। हाँ, जिस वक्त वायु-मंडल बिलकुल कड़वा हो जाया करता था, उस वक़्त भी पाठक के हृदय में सतह से ज़रा नीचे जाने पर भाइयों का स्नेह वैसा ही तर पाया जाता। ऐसे मौक़े आये, जिस वक़्त ये तीनों वृद्ध भाई झगड़े के तूफ़ान के बीच भी स्वच्छन्दता-पूर्वक मिलने पर 'भैया' 'भैया'! कह कर फूट-फूट कर रोने लगते। तो क्या पाठक की स्त्री को दोष दिया जा सकता है? उनका स्वभाव भी बहुत मधुर था। आदमी जन, हित-पाहुना ही नहीं,

रात के टिकने वाले भिखमंगे भी उनकी तारीफ़ किया करते थे। अतिथियों को खिलाने-पिलाने में उनको बड़ा आनन्द आता था। मधुरभाषिणी तो इतनी कि सिवा अपनी जेठानी के (जिसका कारण और ही था) उन्होंने किसी को कभी कड़े शब्द न कहे होंगे। दया का उदाहरण लीजिए। वैसे पाठक के घर से कुत्ते-बिल्लियों का बिलकुल सम्बन्ध न था, किन्तु एक बार एक कुतिया ने आकर बाहर के घर के कोने में बच्चे जन दिये। फिर क्या था! पठकाइन ने समझा—इस प्रसूता की परिचर्या का सारा भार उन्हीं पर है। कुतिया के लिए प्रसूता की तरह खाना मिलने लगा। इस दया का फल तुरन्त ही यह हुआ कि कुतिया द्वार की मालकिन बन गई और उसने एक बुढ़िया भिखमंगिन को काट खाया। एक प्रकार से कहा जा सकता है—अपने घर के दो दायादों के सिवा वे अजातशत्रु थीं।

तो क्या उनकी जेठानी और देवरानी कसूरवार थीं? देवरानी और पाठक के घर का विरोध तो हमेशा क्षीण रहा (न उन्हें कुछ आशा थी, न कुछ मिला) हाँ, जेठानी उन सासों में थीं जो कड़ाई के बिन अपनी बहुओं को शासन में रख सकती थीं। उनमें बहुँत गंभीरता थी। अनपढ़, अल्प-वित्त, बहुसन्तान और ग्रामीण होते हुए भी उनमें व्यवस्था और परख करने का गुण था। वे उदारमना थीं, जो गुण उनकी परिस्थिति की स्त्रियों में बहुत कम पाया जाता है। उनके पति-पाठक के बड़े भाई तो पूरे धृतराष्ट्र थे। लड़कों के मारे भाई का विरोध करते भी असमञ्जस में ही पड़े रहते थे। पाँच लड़के थे। इतने परिवार का उतनी थोड़ी भूमि से निर्वाह होना मुश्किल था। इसलिए होश सँभालते ही दो तो कलकत्ता जाकर पुलिस में भर्ती हो गये। जब वे दो-चार वर्ष में छुट्टी में घर आते तब चाहे चचा (पाठक) और अपने घर से बोलचाल न भी हो; भेंट की चीज़ लेकर पहले से चचा के पास ही पहुँचते थे। भेंट सामने रख कर चरण छूकर चाचा-चाची को प्रणाम करते थे।

एक बार एक पुलिसमैन भतीजा उस वक्त घर आया, जिस वक्त रूस-जापान की लड़ाई हो रही थी। आकर उसने घन्टों पनडुब्बी नावों की बातें और दूसरी खबरों—जिन्हें कि वह कलकत्ता में सुना करता था—का वर्णन करता रहा। सब से छोटा भतीजा असाधारण व्यवहारकुशल तथा प्रतिभाशाली था। यदि उसे शिक्षा का अच्छा अवसर मिला होता तो वह एक विशेष आदमी हुआ होता। पाठक के नाती या अपने भांजे के साथ उसका प्रेम था। उसी ने ले जाकर उसे अक्षरारंभ करवाया था। घर पर रहते वक्त वह भांजे को कुछ काम की बातें बतलाकर उत्साहित करता रहता था। अपर प्राइमरी तक पढ़कर उसे चिठ्ठीरसा की नौकरी कर लेनी पड़ी थी, इसलिए ज़िले में ही किन्तु बराबर बाहर रहना पड़ता था। बाकी दो भतीजे अपनी स्वतन्त्र बुद्धि न रखते थे। वस्तुतः यदि वह थोड़ी-सी ज़मीन—जो सारी कड़वाहट की जड़ थी—का ख्याल हटा दिया जाय तो भतीजे बुरे ही न थे, बल्कि बहुत अच्छे थे। भतीजों की बहुएँ ! एक पाठक के साल की लड़की थी। दूसरी उनके ही कथनानुसार गौ थी। सबसे छोटी बहू की तो वे प्रशंसा करते न थकते थे। और बाकी दो बेचारी घर के भीतर चुपचाप रहनेवाली थीं, उन्हें झगड़े-झंझट से कोई वास्ता नहीं था।

और नाती ? वह तो लड़का था। वह सभी चीज़ें अपने शिशु-नेत्रों से देखता था। तो भी यदि उसके उस बाल-अनुभव—चौदह वर्ष की अवस्था के पूर्व के अनुभव—की कीमत है तो उसे सभी मामियाँ बड़ी ही मधुर मालूम होती थीं। छोटी मामी से उसे असाधारण प्रेम था। स्कूल से लौटते ही, जहाँ नानी ने कुछ खाना दिया नहीं कि वह छोटी मामी के दरबार में हाज़िर हुआ। इस मामी में असाधारण कोमलता थी। वह सुन्दर थी, स्वच्छ थी, शीघ्र बात समझने वाली थी, और अपने भांजे को खुश करने वाली मीठी बातें करना जानती थी। आने पर खाने को पूछना, पानी के लिए पूछना, फिर दिल खोल-

कर बातें करना—एक बालक के लिए और चाहिए ही क्या ? सचमुच यदि उस लड़के को पूछा जाता कि तुमको सिर्फ़ एक आदमी दुनिया में मिलेगा, चुन लो और हमेशा के लिए निर्जन बन में चले जाओ तो वह अपनी इसी छोटी मामी को ही चुनता। उसका बालक-हृदय टूक-टूक हो गया, जब एक बार दोनों घरों की बोलचाल बन्द होने पर भी वह छोटी मामी के पास गया; और आते ही बड़े ही रूखे शब्दों में उसे कहा गया—तुमने बहू को गाली दी है, ख़बरदार ! अब इधर मत आना। मामी को भी इससे कम दुःख न हुआ होगा, क्योंकि उसे भी अपने भांजे को शाम-सबेरे देखे बिना चैन न आता था। बालक को क्या मालूम था कि यह दुनिया प्रेम और सद्भाव का स्रोत बहाने के लिए नहीं है। कुछ ही वर्ष बाद वह प्यारी मामी मर गई।

व्यक्तियों में अलग-अलग ढूंढ़ने में तो किसी को दोषी नहीं ठहराया जा सकता था, किन्तु समुदाय में भयंकर कड़वाहट पैदा हो जाती थी। इसका कोई सबब ज़रूर था।

* * *

१९०५ ईसवी में पाठक की लड़की मर गई। अब पाठक के चार नाती थे। बाक़ी तीन छोटे अपने घर पर रहा करते थे। पठकाइन ने ज़ोर दिया—नातियों के नाम लिखा-पढ़ी कर देनी चाहिए, ज़िन्दगी का ठिकाना क्या है। १९०६ में पाठक ने अपनी जायदाद को नातियों के नाम लिख दिया।

अब तो युद्ध की घोषणा हो गई। किन्तु बेचारी पठकाइन उस युद्ध के प्रचंड होने से पूर्व ही प्लेग में इस दुनिया को छोड़ चल बसीं। नाती अब गाँव से कुछ दूर एक मिडिल स्कूल में पढ़ता था, जहाँ से छठे-छमाहे ही आता था; और जब झगड़ा ज़ोर पकड़ चुका तब तो आता भी न था। लड़ने वाले थे, एक ओर पाठक के भतीजे और

दूसरी ओर पाठक और उनका दामाद। अनुकूल-प्रतिकूल आदमी सभी जगह मिल जाते हैं। वही यहाँ भी हुआ। भतीजों ने पहले तो हिस्से को नज़ायज़ करार दिलाने के लिए दीवानी में एक मुकद्दमा दायर किया, किन्तु वे जानते थे, कानून उनके विरुद्ध है। फिर उन्होंने फ़ौजदारी मुकद्दमे और मारपीट शुरू कर दी। फ़ौजदारी में तो जो पुलिस को खूब रुपया दे, झूठे-सच्चे गवाह दे उसकी जीत होगी। दोनों ओर से रुपया खर्च होने लगा। साल भर तक यह घमासान युद्ध होता रहा; जितनी की जायदाद नहीं थी, उतनी हानि और खर्च पाठक के दामाद को उठाना पड़ा। भतीजों को भी उससे कम खच नहीं करना पड़ा। दोनों को कुछ होश आने लगा। दामाद साहब भी समझने लगे, दूसरे गाँव में आकर यह सब करने में हम नुक़सान में रहेंगे। उनके अपने घर का लेन-देन, खेतीबारी का काम बिगड़ रहा था। अन्त में पंच के द्वारा सुलह हुई। पंच ने नाती को ग्यारह या बारह सौ रुपये दिलवाये।

भतीजे अब भी पाठक को रहने के लिए कहते थे। किन्तु पाठक समझते थे कि किसी समय उन्हें ताना मारा जा सकता है। यद्यपि वे अपने सबसे छोटे भतीजे की बहू को देवता मानते थे, (यह छोटी मामी के मरने के बाद दूसरी शादी थी)। साथ ही पाठक को इससे भी कम ग्लानि न थी कि जिस लड़की के गाँव तक में धर्म-भीरु लोग पानी पीना नहीं चाहते, वहीं उन्हें अपनी ज़िन्दगी का अन्तिम समय अपरिचित मुखड़ों के बीच बिताना पड़ेगा। साँप-छछून्दर की दशा थी। यदि पाठक ने पहले इस परिणाम को जाना होता तो अपने भतीजों को वे विरोधी न बनाते। एक दिन पाठक इच्छा से या अनिच्छा से दामाद के गाँव में चले गये, साथ ही भवानी के ज़ाये उस पत्थर के कोल्हू को भी लेते गये।

यद्यपि यहाँ तक दामाद और सम्बन्धियों का सम्बन्ध था, उनका

बर्ताव अच्छा था; तो भी पाठक को वह स्थान अनुकूल, अपरिचित-सा जान पड़ता था। अब भी वे अपने शिकार की, अपनी यात्राओं की बातें सुनाते थे, और सुननेवाले भी होते थे; किन्तु उन्हें कहने में वह रस न आता था। अब उनका अपना नाम चला गया था, और उसकी जगह वह अमुक के ससुर कहे जाते थे। पाठक का अपना मकान एक छोटे गाँव में था, किन्तु वहाँ मील भर पर अच्छा बाज़ार था, और फेरीवाली खटकिनें, कोइरिनें भी साग-भाजी लेकर आ जाया करती थी। अब उस झारखण्ड के गाँव में खाने-पीने की उन चीज़ों की सुविधा न थी। स्त्री-वियोग और पुत्री-वियोग ऊपर से चित्त को खिन्न किये रहता था। अब एक और घटना हुई, जिसने उनके जीवन को बिल्कुल ही नीरस बना दिया। पहले तो नाना की विचित्र यात्राओं के बात से प्रभावित नाती एक वर्ष घुमक्कड़पन में गँवा आया। फिर मिडिल पास करने पर दूसरा खब्त सवार हुआ। कहने लगा—अंगरेज़ी म्लेच्छ-भाषा है, मैं तो संस्कृत पढ़ूँगा। उसी में स्वर्ग-मोक्ष का मार्ग रक्खा है। घरवालों के ज़िद करने पर एक दिन वह चुपके से निकल भागा। पाठक के लिए यह असह्य बात थी। उनका सारा प्रेम उसी नाती में केन्द्रित था। जब उन्हें पता लगा कि नाती बदरी-नारायण की ओर गया है तब वे भी उधर चल पड़े, किन्तु उससे भेंट न हुई। पीछे नानी को बनारस में रहकर संस्कृत पढ़ने की अनुमति हो गई। कुछ वर्षों तक वह बनारस में संस्कृत पढ़ता रहा, किन्तु इसी बीच १९१२ ईसवी में पाठक ने सुना कि नाती साधु होकर कहीं चला गया।

पाठक अब जीवन की अन्तिम सीमा पर पहुँच चुके थे। उनका शरीर और हड्डियाँ जितनी दृढ़ थीं और जैसे वे नीरोग रहते आये थे, उससे अभी वे और जी सकते थे किन्तु अब उन्हें जीने की चाह नहीं रह गई थी। १९१३ में वे बीमार पड़े, जान गये अब चलना है। उस वक्त उनकी एक यही इच्छा थी कि अन्तिम समय नाती को देख

लें। किन्तु नाती उस समय डेढ़ हजार मील दूर मद्रास में था। वह जानता भी न था और यदि सुन भी पाता तो कौन जानता है वह अपने वृद्ध नाना की आत्मशांति के लिए उनके पास आना पसन्द करता। रामशरण पाठक एक दिन चल बसे और उस प्रथा को याद करते हुए जिसके द्वारा भाइयों को वंचित कर दूर गाँव के सम्बन्धियों को अपनी सम्पत्ति का उत्तराधिकारी बनाया जा सकता है!

४

पुजारी

(धूलि का हीरा)

पुजारी यह उनका निजी नाम न था, किन्तु गाँववाले जवानी से ही उन्हें इस नाम से पुकारते थे।

पुजारी का जन्म १८७५ ईसवी में ठेठ देहात के एक बहुत ही छोटे गाँव में हुआ था। उनके गाँव से कोस-कोस भर तक कोई कच्ची-पक्की सड़क न थी, डाकखाना आठ मील दूर था और बाजार भी उतनी ही दूर। यही हाल पाठशाला या मदरसा का था।

पुजारी अपने पिता की ज्येष्ठ सन्तान थे। उनके पिता की अपने गाँव में ही प्रतिष्ठा न थी, बल्कि आस-पास के कितने ही गाँवों में उनके बिना पंचायत न होती थी। ईमानदारी और विशालहृदयता उनकी पैतृक सम्पत्ति थी। पुजारी के पिता एक बड़े परिवार के प्रधान थे। यद्यपि वे अपने पिता के एकमात्र पुत्र थे, तो भी अपने चचेरे तीन भाइयों के साथ उनके सगे भाई से भी अधिक प्रेम था। सब से छोटे को तो उन्होंने दूर के गाँव में संस्कृत पढ़ने के लिए भी भेजा था। यद्यपि उनकी पढ़ाई 'सत्यनारायण' और 'शीघ्रबोध' से आगे नहीं बढ़ी, तो भी उन्हें गाँव में पंडित कहा जाता था, और वह थे भी उस गाँव के लिए वैसे ही।

पुजारी के पिता का देहान्त ४५-४६ वर्ष की ही उम्र में हो गया। उस वक्त पुजारी १५ वर्ष के हो पाये थे। उनसे छोटा एक भाई और

तीन बहनें थीं, जिनमें सबसे छोटी ६-७ वर्ष से अधिक की न थी। पिता ने रवाज के मुताबिक, बड़े लड़के और बड़ी लड़की की शादी, १०-१२ वर्ष की ही अवस्था में कर दी थी। पिता के मरने के समय तीनों चचेरे चचा एक ही घर में रहते थे। तीनों ही भलेमानस थे और अपने भाई के प्रेमपूर्ण बर्ताव के चिरकृतज्ञ थे। यदि उनकी चलती तो वह पुजारी को बाप के मरने का खयाल भी न आने देते, किन्तु पुजारी की माँ दूसरी धातु की बनी थीं। मीठी बोली तो मानो वह जानती ही न थीं। ज़रा-सी बात में चार सुना देना उनकी आदत में थी। पति के जीते समय तो जबान पर भारी अंकुश था; किन्तु पीछे कोई रोकनेवाला न था। उनका हृदय बहुत संकीर्ण था। वह कुढ़ा करतीं—खेतों और धन में हमारा आधा हिस्सा होता है; देवर और उनके लड़के-बाले कैसे हमारे धन को खायँगे ! ज़रा-सी बात में वह ताना दे डालती थीं। उनके देवर और देवरानियाँ पहले बहुत लिहाज़ किया करती रहीं, किन्तु आये दिन की किचकिच से उनका नाकोंदम हो गया, और तीन वर्ष बीतते न बीतते उन्हें अलग हो जाना पड़ा।

* * *

पुजारी की माँ अब बहुत प्रसन्न थीं। उन्होंने घर में ही नहीं, हर खेत में आधा-आधा करवाया था। खेत उनके पास काफ़ी थे। काम करने के लिए कुछ चमार और भर घर भी मिले थे। किन्तु पुजारी को खुशी कहाँ से हो सकती थी ! माँ के झगड़ालू स्वभाव के कारण १५ वर्ष की ही उम्र में परिवार का सारा बोझ उनके कंधे पर आ पड़ा था। कहाँ खाने-खेलने का समय और कहाँ यह ज़िम्मेवारी ! उन्हें खेती-बारी और परिवार को ही सँभालना न था, बल्कि छोटे भाई और दो बहनों की शादी भी करनी थी। भाई-बन्धु इच्छा रहते भी सहायता न कर सकते थे, क्योंकि पुजारी की माँ के स्वभाव से वे परि-

चित थे। कहावत थी, पुजारी की माँ के मारे कुत्ते भी दरवाज़े पर नहीं फटक सकते।

गाँव के आस-पास पढ़ने का कहीं इन्तज़ाम न था, यह कह आये हैं। किन्तु पिता के जीते समय, जब पुजारी तेरह-चौदह वर्ष के थे, तभी कहीं से भूलते-भटकते एक मुंशी जी उस झारखंड के गाँव में पहुँच गये। यद्यपि पीढ़ियों से उस गाँव के ब्राह्मणों ने विद्या से नाता तोड़ रक्खा था, तो भी अभी कुछ श्रद्धा बाक़ी थी, और मुंशी जी के पास आधे दर्जन से ऊपर लड़कों ने पढ़ाई शुरू कर दी। दो-ढाई सप्ताह के भीतर ही अधिकांश घर बैठ गये। डेढ़ महीने में मुंशी जी भी समझ गये—"धोबी बसि के का करे, दीगंबर के गाँव।" मुंशी जी के चेलों में पुजारी ही थे, जो अन्त तक डटे रहे। कोदो देकर पढ़ने की कहावत बहुत मशहूर है। पुजारी ने कोदो तो नहीं दिया, किन्तु कहते हैं, दक्षिणा में मुंशी जी को कुछ धान ही मिला था।

इस प्रकार अठारह वर्ष की उम्र, डेढ़ महीने की पढ़ाई और नीम से भी कड़वी ज़बानवाली माँ—इन तीन साधनों के साथ पुजारी गृहस्थी सँभालने के काम में लगाये गये।

* * *

पुजारी असाधारण मेधावी थे। बत्तीस वर्ष की उम्र में उनका जो ज्ञान था, उसे देखकर कोई नहीं कह सकता था कि उनकी पढ़ाई सिर्फ़ डेढ़ महीने की है। उनमें ज्ञान की बड़ी प्यास थी। अथवा ज्ञान कौन-कौन हैं, यह भी तो उन्हें मालूम नहीं था; फिर प्यास कहाँ से आती! हाँ, काम में जिस ज्ञान की जब-जब आवश्यकता होती, वह उसके पीछे पड़ जाते, और न जाने कहाँ और किसके पास से सीखकर ही छोड़ते। उन्हें जोड़, बाक़ी, गुणा, भाग ही नहीं मालूम था, बल्कि भिन्न, त्रैराशिक और पंचराशिक भी लगा लेते थे। एक समय गाँव में सरकारी पैमाइश

शुरू हुई। उस समय उन्होंने अमीनों और पटवारियों के पास बैठकर पैमाइश का हिसाब भी सीख लिया।

पुजारी की धर्म में बड़ी श्रद्धा थी, इसी से अठारह वर्ष की उम्र में ही वह पुजारी कहे जाने लगे। वह बिना स्नान-पूजा के पानी भी नहीं पीते थे। उनके पाठ में यद्यपि पहले हनूमान्-चालीसा था, किन्तु धीरे-धीरे हनूमान्-बाहुक, विनय-पत्रिका और रामायण भी शामिल हो गये। रामायण के उन्होंने बहुत पाठ किये थे, और उसके ज्ञानदीपक जैसे स्थलों का उनका किया अर्थ बहुत बुरा न होता था। हर एक धर्मभीरु ब्राह्मण को अच्छी-बुरी साइत का ज्ञान रखना ज़रूरी ठहरा। पुजारी के सारे गाँव के ब्राह्मणों के लिए कुल मिलाकर सिर्फ़ एक घर यजमान था। यदि यजमानी बड़ी होती, तो शायद पुजारी को कुछ और पढ़ने का अवसर मिला होता। जब उनकी स्त्री बीमार पड़ी, उस समय उन्होंने 'रसराज-महोदधि' भी मँगा लिया, और यदि लोग कच्चे औषध की भयंकरता का डर न दिखलाते तो शायद वह अपने बनाये मंडूर से ही पत्नी की चिकित्सा करते। उस समय अख़बार अभी गाँवों तक नहीं पहुँचे थे, तो भी जिन पुस्तकों का गाँवों में प्रवेश था, पुजारी उन्हें पढ़-समझ सकते थे।

एक ओर पुजारी कट्टर पुजारी थे, दूसरी ओर नई बातों के सीखने के लिए उनका दिमाग़ बिलकुल खुला था। पुजारी की बस्ती के भीतर सिर्फ़ एक कुआँ था, जिसके लम्बे-चौड़े आकार और टूटी-फूटी हालत को देखकर लोग उसे सतयुग के आस-पास का बना कहते थे। उसकी ईंटें एक ओर से पहले ही गिर चुकी थीं। एक दिन वह सारा ही कुआँ बैठ गया। अब लोगों को दूर के कुएँ से पानी भरकर लाना पड़ता था। पुजारी उस समय ३०-३१ वर्ष के हो चुके थे। उनके पास धन भी था। उन्होंने अपने द्वार पर एक कुआँ बनवाना चाहा। उन्होंने अपने दिल में कुएँ का नक्शा खींचा—कुआँ ऐसा हो, जिसकी दीवार से घड़ा

न टकराये। यदि नीचे की अपेक्षा कुएँ का ऊपरी भाग संकीर्ण कर दिया जाय, तो यह हो सकता था। ईंटों के भी प्रचलित आकार को छोड़कर उन्होंने अपने मन के आकार की ईंटों का साँचा बनवाया। उनमें कुछ तो डेढ़ फ़ुट लम्बी और ६-७ इंच चौड़ी थीं। अपने गाँव की 'बड़ी पोखर' की प्राचीन ईंटों को देखकर शायद उनको इतनी लम्बी ईंटों के बनवाने का साहस हुआ। उस काल की ही भाँति यदि ईंधन की इफ़रात होती और ईंधन ठीक तरह लगाया जाता, तो कदाचित् वे पक जातीं। किन्तु पुजारी का ध्यान इधर न गया, और ईंटें बहुत सी अधपकी रहकर टूट गईं। तो भी उनके काम भर के लिए ईंटें तैयार मिल सकीं। पुजारी के बुलाने पर उनके ससुर कुआँ बँधवाने के लिए राज लिवाकर आये। ईंटों के विचित्र आकार को ही देखकर ससुर और राज दोनों का माथा ठनका। उस पर पुजारी ने कुआँ बाँधने की अपनी योजना पेश की। राज चिल्ला उठा—अरे! यह क्या कह रहे हो! यदि कुएँ का मुँह सिकोड़ दिया जायगा तो ईंटें कुछ ही दिनों में आगे की ओर गिर जायँगी। पुजारी ने कहा—और मेहराब में ऐसा क्यों नहीं होता?

खैर, पुजारी के आग्रह को देखकर राज ने उसी प्रकार कुएँ को बाँधना शुरू किया। कुछ दूर बाँधने और मिट्टी निकालने पर कुआँ भीतर से बहुत बालू फेंकने लगा। राज ने सारा दोष कुएँ की नई चिनाई के मत्थे मढ़ा और फिर से उधेड़कर पुरानी चाल से बाँधने के लिए कहा। किन्तु पुजारी कब माननेवाले थे। अब कुआँ सही-सलामत बनकर तैयार हो गया, तब ससुर जी कहने लगे—तैयार तो हो गया, किन्तु इसकी शकल तो कुइयाँ-सी है। पुराने ढंग से बनवाने पर यह एक अच्छा खासा कुआँ मालूम होता।

• • •

पुजारी ने छोटे भाई को अपने बहनोई महादेव पंडित के घर पढ़ने

के लिए भेजा था, किन्तु उसने इतना ही पढ़ा—'ओनामासिधम्। बाप पढ़े न हम्'। दो-चार बार भाग आने पर पुजारी ने और ज़ोर देना छोड़ दिया। दोनों बहनों और भाई की भी शादी कर दी। अब दोनों भाई मिलकर खूब मेहनत करते थे। घर के प्रबन्ध में माँ बहुत दक्ष थीं। हर साल ही खर्च करने के बाद कुछ पैसा और अनाज बचने लगा। पुजारी ने उसे सूद और सवाई पर देना शुरू किया। सूद और मूल में गाँव के कुछ लोगों के खेत भी अपने पास रेहन आये। यद्यपि गाँव में ट्रीनीडाड से लौटे एक दूसरे आदमी के पास सबसे अधिक खेत थे, किन्तु अगहन बीतते-बीतते उनका घर अनाज से खाली हो जाता था, और उधार और खरीद की नौबत आती थी; इसीलिए पुजारी गाँव में सबसे अधिक धनी समझे जाते थे।

पुजारी का जीवन अब सुख का जीवन था। यद्यपि फाटके के रोज़गारियों और सौदागरों की भाँति तो नहीं, फिर भी पुजारी का धन प्रति वर्ष बढ़ रहा था। उन्हें अभी तक कचहरियों से वास्ता न पड़ा था, किन्तु इसी समय पुजारी के गाँव में पैमाइश होने लगी। अभी तक खेत, बाग़, परती सभी का हिसाब पटवारी के यहाँ रहता था; किन्तु अमीनों ने पैमाइश के साथ दख़ल-क़ब्ज़ा पूछना शुरू किया। यही तो कमाने का समय होता है। यदि इधर की उधर और उधर की इधर न करें, तो ख़ाक कोई अमीन को पूछेगा। हाँ, यह ऐसा भी समय है, जब पहले की पैमाइश की बेईमानियाँ भी प्रकट होने लगती हैं। हम कह चुके हैं, पुजारी बड़े मेधावी पुरुष थे। गाँव में आये हुए अमीन के पास जाकर वह काग़ज़-पत्र देखने लगे। उन्हें मालूम हुआ कि पहले के कितने ही उनके खेत औरों के क़ब्ज़े में हैं। कुछ में इधर नये सिरे से गोल-माल हुआ है। पुजारी उन आदमियों में से थे, जिनका सिद्धान्त होता है—न अपना एक पैसा जाने देना और न दूसरों का एक पैसा लेना। अब पुजारी के लिए बन्दोबस्त के डिप्टी के

पड़ावों और ज़िला तथा तहसील की कचहरियों पर धरना देना ज़रूरी हो गया। जिस पूजा के नियम के कारण उनका नाम पुजारी पड़ा था वह छूटे कहाँ से? उसमें तो कुछ वृद्धि भी हुई थी। यदि पहले एकादशी का ही व्रत होता था, तो अब महीने के चार अलोने एतवार भी शामिल कर लिये गये थे। कचहरी के काम तो घर की तरह अपने वश का नहीं, और बिना पूजा-स्नान के पुजारी पानी भी नहीं पी सकते थे। फलतः कभी-कभी सूर्यास्त और पुजारी की स्नान-पूजा साथ-साथ होती थी। उन्होंने गंगातट या काशी में बाल बनवाने का नियम कर लिया था, इसलिए उनके दाढ़ी-बाल दो-दो चार-चार महीनों तक नहीं बन पाते थे।

पुजारी यद्यपि धार्मिक और श्रद्धालु आदमी थे, तो भी उनकी श्रद्धा अंधश्रद्धा न थी। यही कारण था, जहाँ गाँव के लोग सभी लम्बी दाढ़ी भारी जटा, छोटी लँगोटी और सफ़ेद भभूत को साष्टाँग दंडवत करना अपना धर्म समझते थे, वहाँ पुजारी बिना गुण की परख पाये ऐसे साधुओं की आव-भगत से दूर रहते थे। वहाँ उनके गाँव से कुछ दूर निर्जन स्थान में एक वृद्ध परमहंस रहा करते थे, जिनकी आयु के बारे में बूढ़े-बूढ़े लोग भी क़सम खाने के लिए तैयार थे कि उन्होंने जब से होश सँभाला तब से परमहँस बाबा को ऐसा ही देखा। यह भी कहा जाता था कि परमहंस बाबा अपनी जन्मभूमि (पोखरा) नेपाल से विद्या पढ़ने के लिए बनारस आये थे, वहीं पीछे विरक्त हो राजघाट के पास एक कुटिया में रहते थे। जब राजघाट में रेल आई और उसकी गड़गड़ाहट से उनके ध्यान में विघ्न पड़ने लगा, तब मुफ्त में मुक्ति देने वाली काशी को छोड़कर अपने एक भक्त के साथ पुजारी के आस-पास-वाले प्रदेश में चले आये। पुजारी परमहंस जी के प्रति बड़ी श्रद्धा रखते थे। हर चौथे-पाँचवें दिन वह दर्शनार्थ वहाँ पहुँचते थे।

पुजारी के सुखमय जीवन की दिशा का अन्त हो रहा था।

इतने समय में उनकी आर्थिक अवस्था ही अच्छी नहीं हो गई थी, बल्कि उनके एक कन्या और चार पुत्र भी हो चुके थे। पिता की मृत्यु के बाद घर में किसी की मृत्यु से उन्हें अपनी आँखें भिगोनी नहीं पड़ी थीं। एक तरह वह भूल ही गये थे, कि संसार में मृत्यु भी कोई चीज़ है। इसी समय पुजारी की धर्मपत्नी बीमार पड़ीं। पुजारी के उस झारखंड के गाँव में वैद्य पहुँचते ही कहाँ थे। ओझा-सयाने ही सुलभ थे, किन्तु पुजारी उन्हें फूटी आँख से भी देखना नहीं चाहते थे। उनकी माँ ने एक-आध बार चुपके से जाकर अपने देवर ओझा से पूछा और सहृदय ओझा ने बतलाया कि सारा फ़साद घर के पास बाँस वाली चुड़ैल का है, किन्तु पुजारी के मारे उनकी शांति पूजा हो तब तो! पुजारी इस समय स्वयं "रसराजमहोदधि" के पन्ने उलट रहे थे। उन्हें यह मालूम हो गया कि स्त्री को पांडु-रोग है। कुछ अपनी और कुछ दूसरे यमराज-सहोदर वैद्यों की दवा भी की; और भी जो उपचार बन पड़ा, किया; किन्तु, कुछ महीनों की बीमारी के बाद स्त्री चल बसी। बाहर प्रकट न करने पर भी पुजारी को बड़ा दुःख हुआ।

इस समय पुजारी पूरे तीस वर्ष के भी न हो पाये थे। खाते-पीते व्यक्ति का ब्याह करने के लिए सभी लोग तैयार रहते हैं। स्त्री की वर्षी भी न हो पाई थी, कि ब्याह करनेवाले मँडराने लगे। लेकिन पुजारी ने साफ़ कह दिया—मेरे पाँच बच्चे हैं। ब्याह का फल मुझे मिल गया। अब मुझे शादी नहीं करनी है।

पुजारी के इस दुःख को कम करने में सहायक कुछ और भी बातें थीं। सबसे पहले तो उनके अपने मन की दृढ़ता थी। बच्चों का प्रेम भी मददगार था। उनका भाई बहुत ही आज्ञाकारी था—इतना आज्ञाकारी कि कभी-कभी इसके लिए उसे अपनी स्त्री का ताना सुनना पड़ता था। पुत्रों के सयाने होने पर पुजारी को और अच्छे दिनों की आशा थी।

पुजारी के धार्मिक विचारों में उदारता, दया थी।

एक समय की बात है। पुजारी उस समय २०-२१ वर्ष से अधिक के न रहे होंगे। वह एक जगह चुपचाप उदास बैठे थे। साधारण उदास नहीं, बहुत ही उदास! कारण यह था। पुजारी के पूर्वज कुछ पीढ़ी पहले सरयूपार से आकर इधर बस गये थे। अब भी लोग कम से कम अपनी कन्याओं को सरयूपार (गोरखपुर जिले में) ही ब्याहना पसन्द करते थे। वह अपनी दोनों छोटी बहनों के लिए वर ढूँढ़ने सरयूपार गये। लोगों ने भुलावा देकर एक घर के दो लड़कों का तिलक चढ़वा दिया। घर आने पर पता लगा कि वरवाला घर किन्हीं कारणों से नीच समझा जाता है। उन्होंने तिलक लौटा देने की बात कही, जिस पर वरवाले तरह-तरह की धमकी देने लगे। पुजारी के भाई-बन्धु भी उन्हें समझाने लगे। किन्तु पुजारी कब अपनी बहनों को कुजात के घर ब्याहने लगे! बहुत ज़ोर देने पर वह फूट-फूट कर रोने लगे, और बोले—मैं दोनों बहनों को गले से बाँधकर पानी में डूब मरूँगा, पर उस घर में शादी न करूँगा।

आखिर पुजारी ने वहाँ शादी नहीं की।

और जगहों की भाँति पुजारी के गाँव में भी गरीब व्यक्ति बिना ब्याहे ही बूढ़े हो जाते थे। गाँव का एक ब्राह्मण तीस वर्ष से ऊपर का हो गया था, और अब तक उसका ब्याह नहीं हुआ था, न होने की आशा ही थी। दूसरे गाँव में उसकी रिश्तेदारी में एक तरुण-विधवा थी। दोनों का देवर-भाभी का नाता था। नित्य की आवाजाही से दोनों में प्रेम ही नहीं हो गया, बल्कि छिपकर रखने की अपेक्षा वह अपनी भावज को घर पर लाकर रखने लगा। पहले तो मालूम हुआ, वह मेहमानी में आई है, किन्तु पीछे बात प्रकट हो गई। पुजारी को यह बात असह्य मालूम हुई और वह बलपूर्वक उस विधवा को गाँव से निकालने के लिए गये। बड़ी मुश्किल से लोग उन्हें मनाकर लाये। कहते थे—गाँव

में यह बहुत ही बुरा उदाहरण होगा, इसे देखकर यह रोग औरों में भी फैलेगा।

इस घटना से पुजारी की सामाजिक अनुदारता सिद्ध होगी, तो भी यदि पुजारी को दुनिया के बारे में और अधिक सुनने-जानने का मौक़ा मिला होता वह अपने विचारों को जल्दी बदल भी देते, समझ में आ जाने पर वह किसी बात के लिये दुराग्रह कहीं करते थे।

पुजारी की तीन हर की खेती थी, जिनमें एक हलवाहा था चिनगी चमार। चिनगी किसी समय कलकत्ता में किसी साहब का साईस रह चुका था। उसके एक कलकतिया लड़का और तीन लड़कियाँ थीं। ब्याह हो जाने पर लड़कियाँ अपने घर चली गईं, और कुछ समय बाद चिनगी का एकलौता बेटा मर गया। पुत्रस्नेह बहुत बड़ी चीज़ होती है, किन्तु इन मज़दूर जातियों के लिये बेटा तो बुढ़ापे का बीमा होता है। ख़ुशी-नाराज़ी जैसे भी हो, उसे अपने बूढ़े माँ-बाप का बोझा उठाना ही पड़ता है। बूढ़े चिनगी के लिये पुजारी भारी अवलम्ब थे। वह उसके पुत्रशोक और भूखको मिटाने का बहुत ध्यान रखते थे। इसके लिए पुजारी की माँ कभी-कभी बोल भी उठती थीं। कुछ दिन बीमार रहकर एक दिन माघ की बदली में चिनगी चल बसे। लोगों को बहुत अचरज हुआ, जब पुजारी ने कहा चिनगी भगत की दाह-क्रिया गंगातट पर (जो वहाँ से प्रायः तीस मील पर था) होगी। शर्म, संकोच या दबाव से ही चिनगी के भाई-बन्धु उस बदली में लाश ले जाने के लिये तैयार हुये। पुजारी ने साथ जाकर गंगातट पर चिनगी का दाहकर्म कराया, क्रिया-कर्म भी हुआ। लोग कहते थे—पुजारी पर चिनगी का पहले जन्म का क़र्ज़ था।

पुजारी का एक बलिष्ठ बैल एक दिन लड़ते-लड़ते उनके अपने बनवाये कुएँ में गिर पड़ा। बहुत प्रयत्न से जीता तो निकल आया; किंतु उसका पिछला एक पैर बेकार हो गया। लँगड़े बैल से कोई काम लेना मुश्किल था। कम खेतवाले कुछ लोगों ने कई बार कहा—बैल हमें

बेच दीजिये। पुजारी का कहना था—बैल न बेचा जा सकता है और न काम के लिये दिया जा सकता है। तन्दुरुस्त और मज़बूत होते वक्त, उसने हमें कमाकर खिलाया है। क्या काम न कर सकने पर बूढ़े माँ-बाप बेच दिये जाते हैं ?

थोड़ी सी महाजनी के अलावा पुजारी का प्रधान पेशा था खेती। खेती के सम्बन्ध में किसान कट्टर सनातनी होते हैं। पुजारी का गाँव बाज़ार, स्टेशन, शहर, सड़क सभी से बहुत दूर था, इसलिए उनके गाँव में खेती-सम्बन्धी नई बातों का पहुँचाना मुश्किल था। तो भी पुजारी लोगों के मज़ाक करते रहने पर भी घर के काम के लिए आलू, मूली, गाजर और गोभी बोने लगे थे। एक बार वह कहीं लाल रङ्ग वाली बड़ी ऊख देख आये। उसे लाकर उन्होंने पाँच बिस्वा खेत में बो दिया। गाँव और घरवाले कहते ही रह गये—यह ऊख क्या कोल्हू में जाने पायेगी, इसे तो लोग दाँतों से ही साफ़ कर डालेंगे। ऊख की फ़सल अच्छी हुई, साथ ही लोगों की बात भी बहुत-कुछ सच निकली, और गरम तथा मोटी ऊख पर छिप-छिपकर बहुतों ने दाँक साफ़ किये। किन्तु उससे यह फ़ायदा हुआ कि दूसरे साल गाँव में कई और आदमियों ने उसी गन्ने की खेती की। तीसरे साल तो पुजारी ने डेढ़ दो एकड़ बोया। ऊख इतनी ज़बर्दस्त हुई की घरवाले चिन्ता करने लगे—यह ऊख तो साझेवाले पत्थर के कोल्हू में आषाढ़ तक भी खतम न होगी। पुजारी ने पहले आस-पास के पत्थर का कोल्हू खरीदना चाहा। न मिलने पर बनारस के पास तक की हवा खा आये। पुजारी किसी बात का फ़ैसला तुरन्त नहीं कर सकते थे। इसीलिए उन्हें अनेक बार मीठी-कड़वी भी सुननी पड़ती थी। उनके एक सम्बन्धी तो उन्हें 'जुड़वा-रोग' (ठडक का रोग) कहा करते। दो-तीन बार खाली हाथ लौटने तथा काम के डेढ़-दो मास निकल जाने पर घरवाले और नाराज़ हुए। अन्त में हफ़्ते भर गुम

रहने के बाद एक दिन पुजारी बैल पर लोहे का कोल्हू लदवाये पहुँच गये। गाँव में, और शायद उस देहात में भी, वही पहला लोहे का कोल्हू था। लोग डर रहे थे—कल तो अक्सर बिगड़ जाया करती है। बिगड़ जाने पर कौन मरम्मत करेगा? किन्तु पुजारी बेफ़िक्र थे। संयोग से कोल्हू बहुत अच्छा निकला। उसी साल उसका दाम सध गया। तीन-चार साल काम लेकर पौन दाम पर उन्होंने उसे बेच भी डाला।

पुजारी सादगी के पुजारी थे। वह एक-नम्बरवाली मार्कीन को बहुत पसन्द करते थे। कहा करते थे, यह कपड़ा बहुत मज़बूत होता है, जाड़ा-गर्मी दोनों में काम आ सकता है। इसको पहननेवाला न शौक़ीन ही कहा जाता है और न दरिद्र ही। खद्दर के युग से कुछ दिन पूर्व ही वह इस संसार से चल दिये, नहीं तो पुजारी उसके अनन्य भक्त होते।

* * *

पुजारी की भूरे बालोंवाली गोरी-गोरी एक-मात्र कन्या माँ की मृत्यु के एक-आध ही वर्ष बाद मर गई। पुत्रों में बड़ा ननिहाल में पढ़ता था बाक़ी तीन गाँव से तीन मील दूर के मदरसे में पढ़ने के लिए बैठा दिए गये थे। पुजारी अभी भविष्य का सुख-स्वप्न देख रहे थे। इसी समय एक घटना घटी, जिसने उस स्वप्न को चूर-चूर कर दिया। उनका बड़ा लड़का, अब पिता के गाँव अधिक आने-जाने लगा था। पिता और उनके मित्रों की देखादेखी वह भी परमहंस बाबा की कुटिया में पहुँचने लगा, और परमहंस जी के एक शिष्य उसके कान में वेदान्त और वैराग्य का मन्त्र फूकने लगे। वैराग्यशतक और विचार-सागर के साथ देश-देश के नदी-पर्वत, नगर-अरण्य के मनोरम चित्र उसके सामने खींचे जाने लगे। इसका असर पड़ना ज़रूरी था। आख़िर पुत्र ने भी पिता की भाँति पूजा-पाठ शुरू किया। त्रिकाल संध्या-स्नान और एकाहार आरम्भ किया। पुजारी को तो इससे अधिक चिन्ता न

हुई, किन्तु घर के सारे लोग सोलह वर्ष के लड़के के इस रंग-ढंग को देखकर आशंकित होने लगे।

एक दिन (१६१० ईसवी में) अचानक लड़का ग़ायब हो गया। यद्यपि दो बार पहले भी वह भागकर कुछ महीने कलकत्ता रह आया था। किन्तु वैराग्य का भूत सिर पर सवार न होने से उतना डर न था, इसीलिए उस समय इतनी चिन्ता न हुई थी। पुजारी की चिन्ता तब दूर हुई जब उन्होंने सुना, लड़का घूम फिर कर बनारस लौट आया है, और वहाँ संस्कृत पढ़ रहा है। पुजारी ने ख़ुशी से संस्कृत पढ़ने की अनुमति दे दी, और उन्हें आशा हो चली कि अब वह हाथ से न जायगा।

दो वर्ष बीतते-बीतते उन्होंने सुना—लड़का बनारस से कहीं चला गया। कुछ महीनों बाद जब उन्हें मालूम हुआ कि वह दूसरे प्रान्त बिहार के एक मठ में साधु हो गया है तब वह अपने बहनोई महादेव पंडित को लेकर वहाँ पहुँचे। उन्होंने लड़के की अनुपस्थिति में समझा बुझाकर मठ के महन्त जी को इस बात पर राज़ी कर लिया कि वह घरवालों को दर्शन देने के लिए एक बार अपने चेले को जाने देंगे। आने पर लड़के को यह बात अरुचिकर मालूम हुई, किन्तु दूसरा चारा न था। लौटाने का वादा तो झूठा था, तो भी भोले-भाले महन्त पंडित की चिकनी-चुपड़ी बातों में आ गये। लड़का घर पर लाया गया। अब एक ओर तो लड़के के लिए (पुजारी के स्वभाव के विरुद्ध) शौक़ीन कपड़ों तथा पान आदि का प्रबन्ध किया गया और दूसरी ओर उसके जाने-आने पर कड़ी निगाह रक्खी जाने लगी। लड़का एक बार भागा लेकिन स्टेशन पर पुजारी ने जा पकड़ा। इस तरह काम न बनते देखकर लड़के ने विश्वास पैदा कराना चाहा, और तीन मास तक अवसर ढूँढ़ने के बाद वह अपने इस बन्दी-जीवन से मुक्त हुआ।

* *

पुजारी को इसका कितना दुःख हुआ, यह इसी से मालूम होगा कि चिन्ता के मारे दो वर्ष बीतते-बीतते उनके दिमाग़ में एक प्रकार का उन्माद-सा हो गया। लड़का उस समय आगरे में पढ़ता था। एक मित्र ने सब हाल बतलाकर एक बार पिता को देखने के लिए कहा। इस पर लड़का घर आया। पुजारी को प्रसन्नता ही नहीं हुई, बल्कि जब उनके दिमाग़ की गर्मी दूर करने के लिए फ़स्द खोलनेवाला लाया गया तब उन्होंने कहा—क्या करोगे? अब मेरी तबीअत अच्छी हो गई है। एक हफ़्ते के बाद लड़के को इच्छानुसार जाने भी दिया गया।

* * *

दो वर्ष और बीत गये। लड़के का कोई पता न था। एक दिन पता लगा, वह बनारस आया हुआ है। फिर ज़बर्दस्ती घर पर लाकर नज़रबन्दी का वही अस्त्र काम में लाया गया। इस बार उसने अपने बन्धुओं से कह दिया—इस बार निकल जाने पर फिर तुम नहीं पकड़ सकोगे। आख़िर आदमी का बच्चा कब तक बाँधकर रक्खा जा सकता है? एक दिन वह फिर निकल भागने में समर्थ हुआ। बनारस से वह विन्ध्यपर्वत की तलहटी में पहुँचा। किन्तु पुजारी को लड़के के एक मित्र ने पता बता दिया, और वह भी वहाँ जा पहुँचे।

पुजारी उन आदमियों में से थे, जो घोर से घोर वेदना को हृदय के भीतर इस तरह छिपा सकते हैं कि उसकी छींट आँख तक भी नहीं पहुँचने पाती। तो भी एक बार उन्होंने पुत्र के सामने दिल खोलने का प्रयास किया। 'नहीं' कहके अभी हल्ला-गुल्ला सुनने की हिम्मत न होने से पुत्र ने उन्हें वहीं कहीं रहकर प्रतीक्षा करने के लिए कह दिया। पुजारी यद्यपि पुत्र की मानसिक अवस्था को समझने लगे थे, और कभी-कभी चाहते भी थे, कि उसे अपनी मर्ज़ी पर रहने दिया जाय, किन्तु अन्त में पुत्रस्नेह का पल्ला भारी हो जाता था।

उनकी वह अर्द्ध-विक्षिप्तावस्था जानकारों के हृदय में सहानुभूति पैदा

किये बिना नहीं रहती थी। लड़का जिनका अतिथि था, उनकी माता पुजारी की अवैतनिक गुप्तचर थीं। कुछ सप्ताहों बाद जब लड़का चुप चाप इक्के पर सवार हो स्टेशन की ओर भाग चला, तब पुजारी को भी खबर मिलते देर न लगी; और इक्के के पहुँचने से कुछ ही देर बाद वह भी स्टेशन पर आ धमके। दस या बारह मील के रास्ते को उन्होंने दौड़कर ही काटा था। वह जानते ही थे कि एक बार रेल में बैठ जाने पर उसे पाना उनके लिए असम्भव हो जायगा। ट्रेन के आने में पन्द्रह-बीस ही मिनट की देर थी।

लड़के ने साथ छोड़ देने के लिए जब कुछ अधिक कहना चाहा, तब पुजारी बच्चों की भाँति फूट-फूटकर रोने लगे। स्टेशन के यात्री इकट्ठे होकर लगे उसकी लानत-मलामत करने। जान बचाने के लिए उसे फिर बनारस आना पड़ा। बनारस में आकर उसने समझाकर कह दिया—आप पकड़कर मुझे नहीं रख सकते। मेरी इच्छा घर जाने की बिलकुल नहीं है। घर न जाने की मैं प्रतिज्ञा कर चुका हूँ। आपके हठ से अपने ध्येय को छोड़ने की अपेक्षा मुझे मरना प्रिय होगा।

पुजारी शायद पहले से काफ़ी सोच चुके थे। उन्होंने तुरन्त और बहुत संक्षेप में कहा—अच्छा अब मैं तुम्हें नहीं रोकूँगा, किन्तु मैं भी घर न जाऊँगा। यहीं काशी में रहकर ज़िन्दगी बिता दूँगा।

लड़के को इतनी आसानी से छुटकारा पाने की कभी आशा न थी। वह दूसरी ट्रेन से चला गया।

कितने ही महीनों के बाद घरवाले मनाकर पुजारी को घर ले गये। घर उन्हें काल-सा लगता था। धीरे-धीरे फिर चिन्ता ने देह और दिमाग़ पर प्रभाव जमाया। इसी दुःखमय चिन्ताग्रस्त अवस्था में उन्होंने चार वर्ष और बिताये। १९२० ईसवी का जून या जुलाई का महीना था, जब कि सुदूर दक्षिण में पुत्र को उनके एक बाल-मित्र का पत्र मिला—मामा का देहान्त हो गया। पुत्र की आँखों में आँसू नहीं आये।

चिट्ठी की बात पूछने पर उसने जिस प्रकार अपने मित्रों को यह खबर सुनाई, उससे वह बोल उठे—तुम्हारा दिल पत्थर का है, पिता की मृत्यु को सुनकर भी तुम्हें रंज नहीं हुआ !

उन्हें पुत्र के हृदय के भीतर की वास्तविक दशा यदि मालूम होती, तो ऐसा न कहते ।

५

स्मृतिज्ञानकीर्त्ति

(सो-ो-ो) ङोन्-पो दब् ले थोङ (ला-ा) दुइ ।
क्यि-पो चे पा ङन् (ला-ा) जुङ् ।
नग्-पो छेर्-मा शू (ला-ा) दुइ ।
सेम्-पा चो ले मि (ला-ा) दु ॥१॥*
(सो-ो-ो) सेम्-पा चो-व म-(ला-ा) नङ् ।
रि- सङ् सुग्-पा सं-(ला-ा) मो ।

---

* हरी पत्तियों को देखते समय,
सुखी होने की स्मृति हो आती है ।
काले काँटों के लगते समय,
चित्त में वेदना-मात्र ही रह जाती है ॥१॥
चित्त को दुखित मत करो,
(यह) घटा (जैसी) सुन्दर पर्वत कन्या है ।
घटा फट जाने पर,
सुन्दर भाग्य (-सूर्य का उदय) हो सकता है ॥२॥
चँवरियाँ हरित उपत्यका का भूषण हैं,
हरित उपत्यका में श्वेत पुष्प हैं ।
यदि (उस) हरित उपत्यका को हानि न पहुँची,
तो फ़ीरोजे जैसा भाग्य-भांडार खुल जायगा ॥३॥

मुग् पा तङ्-वइ थोइ-(ला-ा) सु ।
किय-पो ले-का यो (ला-ा) डो ॥२॥
(सो- ो- ो) ज़ोमू-बा पङ्-गी ग्यन्-(ला-ा) रे ।
पङ्-गी मे-तोग् कर् (ला-ा) पो ।
पङ-ला बो वा म (ला-ा) लोङ् ।
यु डा ले-क्यी खोर् (ला-ा) योङ् ॥३॥

दिन के दस बज चुके हैं। रात की वर्षा के बाद आज मेघरहित आकाश में सूर्य का प्रखर प्रकाश फैल रहा है। पत्थरों से शून्यप्राय ता-नग् के पहाड़ों पर घास की हरी-सी मखमल बिछी हुई दिखाई दे रही है, जिसमें अगणित चँवरियाँ और भेड़-बकरियाँ चर रही हैं। नीचे की ओर दूर एक विस्तृत उपत्यका में ब्रह्मपुत्र की रुपहली पतली-सी धार भूल-भुलैया खेलती जा रही है। उससे अति दूर ऊपर की ओर हटकर एक नाले में कितने ही चँवरी के बालों के काले-काले तम्बू लगे हुए हैं, जिनकी छतों से काला धुआँ आकाश में उठ कर दूर तक फैल रहा है। इन तम्बुओं के पास बँधे कुत्तों की समय-समय पर होनेवाली 'हाउ-हाउ' की आवाज़ के सिवा और कोई मानव-चिह्न वहाँ दिखाई नहीं पड़ता।

तम्बुओं के पीछे की पहाड़ी रीढ़ पर बहुत दूर दक्षिण की ओर एक तरुण बैठा हुआ है। अपने लम्बे शरीर, असाधारण गौर वर्ण, भूरे केश और बड़ी-बड़ी आँखों के कारण, मैले पट्टू के छुपे (भोटिया चोगे), और चमड़े के हंगो (जूते) के रहते भी वह भोट-देशीय नहीं जान पड़ता। युवक की एक ओर बकरी के बालों का एक मोटा झोला, डंडा और गोफन पड़ा हुआ है, दूसरी ओर रीछ जैसे बालों और पीली आँखोंवाला एक भीमकाय काला कुत्ता बैठा हुआ है, जो रह-रह कर सहलाने की इच्छा से अपनी गर्दन को युवक की गोद में डाल देता है। किन्तु चिन्तामग्न युवक आज उधर ध्यान ही नहीं देता। उसके

सामने कुछ क़दमों पर सफ़ेद ऊनी छुपा और कनटोप जैसी टोपी पहने झोली और गोफन लिए एक दस वर्ष की लड़की खड़ी है।

लड़की ने कुछ और आगे बढ़कर कहा—"अबू ने-ले,* तुम तो पहले गीत गाने के लिए बहुत आग्रह किया करते थे—एक गीत गाओ, एक छोटा-सा गीत सुनाओ। आज मेरे तीन गीत गाने पर भी क्यों तुम ऐसे चुप हो?"

युवक अब भी चिन्तामग्न था।

लड़की उदास होकर—"तुम बा-ला (पिता) की उन दो चार गालियों से तो दुखी नहीं हो गये? काम में ग़फलत होने पर मालिक ऐसा किया ही करते हैं—मारते भी हैं; किन्तु नौकर उनका खयाल थोड़ा ही करते हैं?"

युवक ने अपनी बड़ी-बड़ी आँखों को ऊपर उठाया और उसे डोल्-मा के गीत का स्वागत न करने का पछतावा होने लगा। उसे ता-नग् में नौकरी करते एक साल हो गया था। इस सारे समय में डोल्-मा (उसके मालिक की लड़की) से बढ़कर उसे सहृदय मित्र दूसरा नहीं मिला था। ता-नग् में आते समय उसका भोट-भाषा का ज्ञान नहीं-सा था। उसके सिखाने में डोल्-मा गुरु बनी। एक बार बीमार पड़ जाने पर घर में डोल्-मा ही थी, जो हर समय पास मौजूद रहकर उसकी सेवा-शुश्रूषा में लगी रहती थी। एक अनपढ़ ग्रामीण कन्या होते हुए भी डोल्-मा के बर्ताव में एक प्रकार की मधुरता थी। अपने अनेक देशवासियों की भाँति यद्यपि डोल्-मा ने भी अभी तक जल के दीर्घकाल के स्पर्श से अपने शरीर को अपवित्र नहीं होने दिया है, तो भी चेहरे या हाथ जहाँ से भी मैल की एक पपड़ी निकल गई है, वहाँ का सुन्दर गुलाबी रंग चमकने लगता है। गोल

* चरवाही के दिनों में स्मृतिज्ञान का यही नाम था।

होने पर भी डोल्-मा का चेहरा उतना चिपटा नहीं है, उसकी आँखें भी अपेक्षाकृत अधिक खुली हुई हैं। नाक भी एक-दम कपोलशायिनी नहीं है। इन बातों के कारण डोल-मा का मुख और शरीर सुन्दर मालूम होता है।

युवक ने बड़े प्रयत्न से मुख पर हँसी की रेखा लाकर कहा—

"नहीं, डोल्-मा! कोई बात नहीं है आज पहाड़ों के पङ् (=हरी उपत्यका) को देखकर मुझे अपनी जन्म-भूमि याद आ गई। हमारे यहाँ पहाड़ तो नहीं हैं, किन्तु थङ् (=मैदान) की हरियाली प्रायः साल भर देखने में आती है।"

"अबू-ने-ले! क्या तुम्हारे यहाँ हमारी चङ्-पो जैसी नदी भी है?"

"इतनी ही दूर पर और इससे बड़ी। लेकिन पहाड़ न होने से हम उसे देख नहीं सकते।"

"पहाड़ न होने पर तुम्हारी चँवरियाँ और भेड़-बकरियाँ कहाँ चरती हैं?"

"चँवरिया हमारे यहाँ नहीं हैं।"

"ओह! तब तो तुम्हारे यहाँ के लोग बहुत ही दुखी होंगे। उनको तम्बू और रस्सी बनाने के लिए बाल न मिलता होगा। उनको दूध, मक्खन और छु-रा (सुखाया पनीर) नसीब न होता होगा। वे बेचारे अपनी पीठों पर ही बोझ ढोते होंगे।"

स्मृति ने डोल्-मा की बातों का खंडन नहीं किया। वे अपने को डोल-मा के ही तल पर रखना चाहते थे। वे बोले—"हाँ-डोल्-मा! हम लोग बड़े दुखी हैं, ग़रीब हैं। तभी तो मैं तुम्हारे यहाँ नौकरी करने के लिए आया हूँ।"

"अबू! क्या कभी तुम्हें अपने माँ-बाप याद आते हैं?"

"बहुत कम।"

"तुम्हारे कितने बाप हैं ?"

"एक।"

"ओह ! तो बेचारे को अकेले ही खेत का काम करना पड़ता होगा, भेड़ों की चरवाही और बाज़ार का सौदा भी अकेला ही करना होता होगा। क्या तुम्हारी माँ एक और बाप नहीं ला सकती थी ?"

"नहीं, डोल्-मा ! उस देश में ऐसा रवाज नहीं है।"

डोल्-मा को इस बुरे रवाज-द्वारा पीड़ित लोगों के प्रति सहानुभूति हो आई। इसी समय सीटी की आवाज़ आई।

"डोल-मा ! वह देखो, कोन्-चोग मुँह में अँगुली डालकर सीटी बजा रहा है। तुम यहीं रहो, मैं जाता हूँ, शायद भेड़िया आया है।"

स्मृति के उठते ही ट-शी —यही उस काले कुत्ते का नाम था —भी उठकर खड़ा हो गया और साथ-साथ भेड़ों की ओर चलने लगा। भेड़ें पहाड़ की दूसरी ओर चर रही थीं। स्मृति यद्यपि उतराई में अपने साथियों की तरह सरपट तो नहीं भाग सकते थे, तो भी साल भर में उन्होंने अपने को बहुत निडर बना लिया था, और काफ़ी जल्दी-जल्दी चल लेते थे। भेड़ों को ऊपर की ओर भागते देख ट-शी दौड़कर पहले वहाँ पहुँचा। ट-शी के लम्बे डील-डौल और भयंकर आवाज़ को सुनते ही भेड़िया तिरछा ऊपर की ओर भागता दिखाई पड़ा। ट-शी ने कुछ दूर तक पीछा किया; किन्तु चढ़ाई में वह भेड़िये की गति-से दौड़ नहीं सकता था। लौटते वक्त उसे एक ख़रगोश दिखाई पड़ा। क़िस्मत का मारा ट-शी के डर से नीचे की ओर भागने लगा, और चन्द ही मिनटों में वह ट-शी के कान तक फटे मुँह के बीच में आ गया।

स्मृति और कोन्-चोग् ने भेड़ों को पहाड़ की दूसरी ओर हाँक दिया और दोनों एक छोटी चट्टान पर बैठ गये। थोड़ी देर में ट-शी भी आ गया। उसके मुँह में लगा लोहू और ख़रगोश के नरम

बाल बतला रहे थे कि ट-शी को भेड़िया भगाने का पारितोषिक मिल गया है।

*　　　*　　　*

"अबू! इसमें क्या लिखा है?"—डोल्-मा ने एक चट्टान पर बैठे हुए स्मृतिज्ञान से पूछा।

"डोल-मा! इसमें भगवान् के मुख से निकली गाथायें हैं। इसे उदान कहते हैं।"

स्मृति को ता-नग् में चरवाही करते पाँच वर्ष बीत गये। डेढ़ वर्ष के भीतर ही उन्हें भोट-भाषा बोलना-समझना अच्छी तरह आ गया था। भोट-वर्णमाला को तो लो-च-व पद्मरुचि ने नेपाल में ही उन्हें सिखा दिया था। भाषा सीख लेने पर अब उन्हें पुस्तकों के पढ़ने की इच्छा हुई। लेकिन वे नहीं चाहते थे कि लोग उनकी विद्या को जान जाय, और फिर चरवाही उनसे छिन जाय। ता-नग् की छोटी गुम्बा (=मठ) में एक बूढ़ा ढाबा (=साधु) रहता था। स्मृति ने सेवा-पूजा करके उनसे घनिष्ठता बढ़ाई। किसी समय उक्त मठ में कोई विद्वान् साधु रहा करता था। उसने पुस्तकों का एक सुन्दर संग्रह जमा किया था। मालूम होता है, साठ-सत्तर वर्ष से किसी ने बुम् (शतसाहस्रिका प्रज्ञा-पारमिता) को छोड़कर बाक़ी पुस्तकों को छुआ तक नहीं; इसीलिए उन पर अंगुल-अंगुल मोटी गर्द जम गई थी। कहने पर बूढ़े ने झाड़कर फिर से उन पुस्तकों के बाँधने की अनुमति दे दी। उस वक्त स्मृति ने देखा कि उनमें दर्शन, बुद्ध-उपदेश आदि की कितनी ही पुस्तकें हैं जिनमें कुछ ऐसी भी हैं जिन्हें वे संस्कृत में पढ़ चुके थे। साथ ही वहाँ उन्हें भोट-भाषा का एक व्याकरण तथा उनके कंठस्थ किये कोश का भोट-अनुवाद भी मिला। अब तो स्मृति प्रायः प्रति दिन बूढ़े के पास पहुँचते थे। उसके लिए पानी भर लाते थे। झाड़ू दे देते थे। जूते की मरम्मत कर देते थे। और कभी-कभी अपने खाने की चीज़ों

में से बचाकर कुछ उसे देते थे। वे चमड़े के एक छोटे चोंगे में पुस्तक के पन्नों को डालकर अपने साथ ले जाते और भेड़ों के चराते वक्त किसी पहाड़ी चट्टान पर बैठ पन्ने निकालकर पढ़ने लगते थे। पूछने पर चरवाहों से कह देते थे—धर्म का पाठ कर रहा हूँ।

आज भी स्मृति एक पुस्तक पढ़ रहे थे।

कोन्-चोग् ने झोले को जमीन पर पटककर हाँफते हुये कहा—"अबू! अबू! उस ना-ा-ले में एक बड़ी दुइ-मो-नग्-मो (काली चुड़ैल) है। आज मैं बाल-बाल बच गया। मैं भेड़ों को उधर हाँकने गया था। देखा, दूर नीचे—उस बड़ी शिला के नीचे—एक सफ़ेदे के वृक्ष जैसी लम्बी काली दुइ-इ-मो खड़ी है। वह मेरी ही ओर देख रही थी। उसकी लाल-लाल आँखें अब तक मुझे याद हैं। मैं जान छोड़कर वहाँ से भागा। ओह! थोड़ा और नीचे जाने पर वह ज़रूर मुझे खा जाती।"

"दुई-मो-नग्-मो!"—डोल-मा ने एक साँस में कहना शुरू किया—"हाँ! मेरी माँ बतलाती थी कि उस नाले में एक काली चुड़ैल रहती है। माँ ने ख़ुद और दूसरी औरतों ने भी कंडे बिनते वक्त उसे देखा है। उस पूरबवाले नाले में एक दुइ-पो-नग्-पो (काला भूत) रहता है। वह तो दौड़कर पकड़ता है। उस दिन देखा नहीं, छे-रिङ् की याक् (=चँवरी) मुँह से खून निकालकर मर गई। यह उसी काले भूत का काम था। ओह! मेरा तो कलेजा काँपता रहता है। हर नाले, हर चट्टान, हर मैदान में भूत ही भूत हैं। उस मुर्दा काटने की चट्टान* पर तो सैकड़ों तो-टो-डक्-पा हैं। शाम होते ही वे नाचने-

---

*भोट में मुर्दा न गाड़े जाते, न जलाये जाते हैं। इसकी जगह मुर्दे एक खास चट्टान पर ले जाये जाते हैं, जहाँ रा-को-बा लोग पहले मांस को काटकर ढाँककर रख लेते हैं, फिर हड्डियों को चूरकर सत्तू में मिला गिद्धों को खिला देते हैं, फिर माँस भी उन्हें दे देते हैं। इस क्रिया में दो घंटे से अधिक समय नहीं लगता।

गाने लगते हैं। और उस पश्चिमवाले मैदान में? वहाँ पहले अच्छा खासा गाँव था, लेकिन थो-गो मेन्-पा ने उसे उजाड़ दिया। अँधेरा होने के साथ ही मुँह से आग निकाल-निकालकर वे इधर से उधर दौड़ने लगते हैं। और डे-कु-शुइ? वे तो गाँव में भी भरे पड़े हैं। एक दिन मैं अ-चा मी-मा के घर जा रही थी। रास्ते में डे कु-शुइ मेरे आगे से पीछे, दाहिने से बायें सुर-सुर करता निकल जाता था। मुझे हैरान कर दिया। यद्यपि माँ ने बतलाया था—डे-कु-शुइ मारता-पीटता नहीं, तो भी मैं लौटते वक़्त अ-चा मी-मा को बिना साथ लिये घर नहीं लौटी।"

"डोल्-मा! और अब की गर्मियों की एक बात नहीं जानती। अ-खु सो-नम्, आ-ला (=पिता) और मैं छत पर बैठे थे। छे-पा चो-ङ (पूर्णमासी) था। चारों ओर दूध-सी चाँदनी छिटकी हुई थी। देखते क्या हैं? दक्षिण और—चाङ्-पो की तलहटी में—एक काली-काली चीज़ निकली। धीरे-धीरे बढ़ते-बढ़ते वह आसमान तक पहुँच गई। अ-खू सो-नम् ने कहा—शो-लइ दोङ्-शि! शो-लइ-दोङ्-शि। सचमुच वह शो-ल (कोयले) से भी काला था। बढ़ते बढ़ते उसका सिर तारों तक पहुँच गया। उस वक़्त वह दूर था, इसलिए हमने पर्वा नहीं की। किन्तु उसके बाद वह लगा अपने सिर को हमारी ओर झुकाने। ओह! क्या कहूँ? हम लोगों ने एक दूसरे से कहा भी नहीं, और लगे सीढ़ी से जल्दी-जल्दी नीचे उतरने। नीचे मकान में पहुँचते-पहुँचते शो-लइ-दोङ-शि का मुँह हमारी छत से लग गया, हम लोग साँस रोककर घर के कोने में छिप गये।"

और कोन्-चोग्! हमारे रसोई घर में एक तोङ-डे-पी-वा है। रात के वक्त सब के सो जाने पर वह चूल्हे की भाथी चलाने लगता है। सोते सोते हम लोग साफ़ भाथी की फू-फू सुनते हैं। हमारे भेड़ों के घर में तो एक शिन्-दे (=चुड़ैल) है। एक दिन मेरी मा को उसने पकड़

लिया था, फिर लामा छोन्-जे ने बहुत पूजा पाठ किया, तब उसने छोड़ा। लेकिन, क्या बात है। कोन्-चोग! अ-बू-ने-ले रात-दिन अकेले-दुकेले जहाँ चाहते हैं चले जाते हैं, उन्हें डर नहीं लगता। अबू! क्यों कभी तुमने भूत देखा है?"

"नहीं, मैंने तो नहीं देखा; किन्तु तुम लोगों को दिखा सकता हूँ।"

दोनों एक साथ बोल उठे—"कैसे? तुमने खुद भूत नहीं देखा तब फिर दूसरों को कैसे दिखाओगे?"

"मैं भूतों को पैदा करता हूँ।"

"क्या कहते हो मैं भूतों को पैदा करता हूँ। क्या भूत पैदा किये जाते हैं।"

"हाँ, डोल-मा! सपने में तुम कैसी चीज़ें देखती हो? वही चीज़ें न जिनकी-सी शक्ल पहले तुमने कभी देखी है?"

"हाँ, हाँ!"

"उसका कारण क्या है? जो चीज़ हम देखते हैं इसकी एक छाया मन पर अंकित हो जाती है, उसी को हम सपने में देखते हैं। इसी प्रकार जैसे स्थान पर जिस प्रकार के भूत होने की बात हम सुनते रहते हैं, वैसा स्थान और समय मिल जाने पर हमारे मन का ख़याल ही भूत का रूप धारणकर बाहर चला आता है। भूत-प्रेत असल में हमारे ही मन की उपज हैं, जिस यह असल बात समझ में आ जाती है, मन से भय का ख़याल हट जाता है, उसे वे चीज़ें नहीं दिखाई देती।"

"किन्तु अबू! तुम कह रहे थे, हमें भूत दिखाने की बात, सो कैसे?"

"क्योंकि, तुम्हारा मन भूत-प्रेत के भाव से भरा है, तुम भूतों से डरती हो, इसलिए यदि मैं तुम्हारे दिल में विश्वास उत्पन्न कर तुम्हें भूतों का आकार-प्रकार वर्णनकर-कर उनके देखने की प्रेरणा करूँ

तो तुम उन्हें देखने लगोगी। असल में तो वह भूत मेरा पैदा किया नहीं होगा। उसे तो तुम्हारा मन पैदा करेगा।"

"तो क्या भूत है ही नहीं?"

"ऐसा कहने से कोई फ़ायदा न होगा, क्योंकि कमज़ोर दिलवाले स्वयं भूत पैदाकर-कर देखते रहेंगे, और तुम्हारी बात को झूठ बतलायेंगे। जो समझाने से भूतों के न होने की बात समझ सके उसके लिए वैसा करना ठीक भी है। लेकिन जिसके भीतर बात घँसे ही नहीं उसे अपनी ओर से भूत दिखलाकर, मन की अद्भुत शक्ति का ज्ञान करा, उस ख़याल को दूर करना चाहिए। बिलकुल अजान को भारी पीड़ा में पड़े देखकर कितने ही जानकार जंतर-मंतर देते हैं। उसका मतलब सिर्फ़ मन को मज़बूत करना है। सच बात तो यह है कि यदि मन मज़बूत हो जाय तो वह आदमी न भूत देख सकता है, न उससे डर सकता है।"

"क्या सचमुच मन ही भूत पैदा करता है?"

"हाँ, मन की ताक़त बहुत भारी है। उस दिन मैंने तुम्हें दोर्-जे-दन् (=बोध गया), छोइ-कि-खोर् लो (=सारनाथ) चम्-चोग-टोङ् (=कसया), और लुम्-पे-छल् (लुम्बिनी) दिखलाये थे न?"

"हाँ, दोर्-जे-दन् का ऊँचे शिखरवाला मन्दिर तो अब तक मुझे याद है, बहुत बड़ा है। वैसा मन्दिर तो हमारे देश में कहीं नहीं है।"

"तो वह दर्शन क्या था? क्या सचमुच तुम दोर्-जे-दन् पहुँच गईं या दोर्-जे-दन् तुम्हारे पास चला आया? नहीं, तुम्हारे चित्त को और जगहों से हटा मैंने जैसी लम्बी-चौड़ी ऊँची इमारत तुम्हें बतलाई, तुम्हारे मन ने वैसी ही एक चीज़ गढ़कर सामने रख दी। भूत के देखने में भी बचपन से सुने जाने वाले ख़याल ही मन को भूत पैदा करने पर मजबूर करते हैं।"

"अबू-ने-ला ! तुम्हारी बातें सुन-सुनकर तो मेरा मन भी उसे ठीक मानने लगता है, लेकिन फिर अकेले में डरने लगती हूँ ।"

"क्योंकि बचपन से तुम्हारे मन में घुसे खयाल अभी बहुत मज़बूत हैं। जब वे निकल जायँगे या निर्बल हो जायँगे तब तुम भी भूतों की दासी नहीं रहोगी, बल्कि ज़रूरत पड़ने पर मेरी तरह भूतों को जन्म देने वाली बन जाओगी—अपने लिए नहीं दूसरों के लिए।"

*   *   *

"अबू ! भेड़ें घेरे में कर दीं। अच्छा लो, यह मट्ठा रक्खा है, पी लो, फिर ऊखल में इस थोड़े-से सत्तू को पीस डालो।"—भेड़ें चराकर शाम को लौटे हुए स्मृति से यह कहते मालकिन ने भुने जवों से भरी चँगेरी की ओर इशारा किया।

स्मृति को रात रहते ही उठना पड़ता था। चँवरियों और भेड़ों के बाँधने की जगह से वे गोबर और मेंगनियों को उठाकर बाहर कूड़े में फेंकते थे। झाड़ते-बुहारते, पानी भरते और मालकिन की नई-नई फ़रमाइशों को करते-करते पहर दिन चढ़ आता था। तब थोड़ा-सा थुक्-पा (चरबी, मांस, सत्तू डालकर बनी पतली लेई जैसा भोजन) पीते, एक टुकड़ा सूखा मांस खाते, और फिर झोले में भुना जौ डाल भेड़ों को ले जाने के लिए तैयार हो जाते। दिन भर की चरवाही के बाद जब लौटते तब फिर भेड़ों को उनके बाड़े में करते ही मालकिन कामों की फ़रमाइश करने लग जाती थीं। अबू-ने-ला को बिना काम में लगे देखना वे बर्दाश्त ही नहीं कर सकती थीं। दिन भर के काम से थके-माँदे स्मृति जब खा-पीकर सोना चाहते थे, उस वक़्त उन्हें पत्थर के खरल जैसी ऊखली में सत्तू पीसने का काम बतला दिया जाता था।

बेचारे स्मृति का बदन आज दिन भर के काम से चूर-चूर हो रहा था। ऊपर से नींद बड़े ज़ोर से आ रही थी। पीसते-पीसते एक बार ज्योंही झपकी ली, उनका सिर लोढ़े पर तड़ाक से जाकर बजा। अभी

उस चोट की पीड़ा से उनका दिल तिलमिला ही रहा था कि मालकिन ने वाग-बाण छोड़ने शुरू किये—"अरे, अबू ! सत्तू सत्यानाश करके ही छोड़ोगे ! बड़े बेपरवाह आदमी हो। क्या जौ बिखेर दिये !"

स्मृति की आँखों में आँसू छलछला आये। उन्होंने अपने मन में कहा, क्या इन जवों से भी मेरा सिर सस्ता है, जो उसके फूटने की बात न पूछकर जवों के बिखेर देने की बात कही जाती है !

* * *

जाड़े का दिन था, हड्डी तक को जमा देनेवाली तिब्बत की ठंडक थी। स्मृति भेड़ों को चरने की जगह छोड़कर भेड़ की पोस्तीन पहने एक चट्टान की आड़ में धूप ले रहे थे। एकाएक ऊपर उड़ते बाज़ के चंगुल से छूटकर एक मरी मैना उनकी गोद में आ गिरी।

"अरे मैना ! यहाँ कहाँ ! मैना तू कैसे आई ? आह भारत के आम्रकुंजों में निर्द्वन्द्व विहरनेवाली मैना ! तू कैसे इस बेगाने मुल्क में !! मैना ! तेरी तरह मैं भी इस अपरिचित देश में आ पड़ा हूँ। जैसी वेदनायें तूने सहीं, मैं भी सात साल से दिन-रात उन्हें ही सह रहा हूँ। और कौन जानता है, तेरी तरह मुझे भी अज्ञात गुमनाम इस बियाबान में शरीर छोड़ना पड़े ! मैना ! तू सौभाग्यशालिनी है, तुझे इस अपरिचित स्थान में भी मुझ जैसा अपना देशवासी दो आँसू बहाने के लिए तो मिल गया। मेरे भाग्य में तो शायद वह भी बदा नहीं है !"

कहते-कहते स्मृति का गला भर आया।

* * *

"अबू ! क्या कर रहे हो इतनी देर से ? देखो, काठ की बाल्टी ले आओ, बछड़े को खोल दो, चँवरी दुहूँगी।"

"जैसी आज्ञा"—कहकर स्मृति ने बछड़े को छोड़ दिया और बाल्टी मालकिन को थमा दी।

"अच्छा, अबू-जे-ले चँवरी ऊँची है, बैठ जाओ, मैं दूध दुह लूँ।"

स्मृति घुटनों के बल बैठ गये और मालकिन बेतकल्लुफ़ी से उनकी पीठ पर बैठकर दूध दुहने लगीं।

स्मृति जवान थे। उनका शरीर भी बहुत मज़बूत था। किन्तु अत्यधिक परिश्रम और भोजन की दुर्व्यवस्था ने उनके शरीर को निर्बल बना दिया था; ऊपर से पिछले मास के ज्वर ने उनके सोने के शरीर को मिट्टी में मिला दिया था। संकोच के मारे उन्होंने नहीं तो न किया; किन्तु मालकिन के शरीर के बोझ को सँभालने में उनकी बुरी हालत थी। एक बार उनके जैसे आदर्शवादी की आँखें भी डबडबा आईं और वे अपने मन में कहने लगे—आह भोट देश! तेरे यहाँ मनुष्य का कुछ भी मोल नहीं। भारत में भी दास हैं। उनकी खरीद-फ़रोख्त भी होती है। वे सताये भी जाते हैं। किन्तु मनुष्य से पीढ़े का काम तो वहाँ भी नहीं लिया जाता।

* * *

रि-वोङ्-ज़िन-पा ग्यु-कर्-ठेङ्-वर् चे।
छुन्-मो-ख-ला ग्यु-वा रब्-पछ्-ने॥
डङ्-वइ छु-नङ दि-ना दा-वा शे।
यिब्-ला छुन् मर ज़िन्-पा ची-पइ लो॥*

"चोला![†] क्या कहते हो! यह गीत तुम्हारे चरवाहे ने बनाया है?"—(चे-से-चब्) सो-नम् ग्यल्-छुन् ने पूछा।

जीभ निकाल करके धनी और बड़े प्रभावशाली विद्वान् साधु चे-से-चब लो-च-वा-के प्रति सम्मान प्रकट करते हुए स्मृति के मालिक ने कहा—हाँ, कु-शो! वह इस तरह के अंडबंड गीत बहुत बनाया करता

---

*तारा मालाधारी शशधर, रात्रि के नभ में चलना छोड़, इस निर्मल (चंचल) जल में चल रहा है, इसने ऐसा रूप धारण किया है—यह (सोचना) बच्चों का खयाल है।

†साधारण गृहस्थ के लिए कोमल सम्बोधन।

है, और दीवारों, पत्थरों और लकड़ियों पर जहाँ-तहाँ लिख देता है। उसके साथी चरवाहों को उसके बनाये बहुत से गीत याद हैं।

"चरवाहा कितने दिनों से तुम्हारे पास है!"

"आठ वर्ष हो गये।"

'और उम्र ?"

"यही बत्तीस-तेंतीस की होगी।"

"चरवाही छोड़कर दूसरा काम क्यों नहीं देते?"

"कहता तो हूँ, किन्तु वह उसी को पसन्द करता है। वह काम में बड़ा मुस्तैद है। गुस्सा होना तो जानता ही नहीं। इसलिए हम लोग नहीं चाहते कि उसकी मर्ज़ी के ख़िलाफ़ काम दिया जाय।"

"उसका जन्म क्या तुम्हारे गाँव का है या ल्हो-खा का ?"

'नहीं, कु-शो-ला! न वह हमारे गाँव का है, न ल्हो-खा का। उसकी सूरत दूसरी ही तरह की है। बड़ी लम्बी भोंडी-सी नाक है। हमारे गाँव के बूढ़े अ-ख्रू-तोब्-ग्य बहुत घूमे हुए हैं। वे कहते हैं, अ-कू-ने-ला का मुँह बो-बो-अतिशा (स्वामी दीपंकर श्रीज्ञान) से बहुत मिलता है। ने-ला तो ठीक नहीं बतलाता! पूछने पर कह देता है—दक्षिण में नेपाल की ओर मेरे माँ-बाप रहा करते थे।"

"चो! तुम नहीं पहचानते, वह कोई महापुरुष है। भेष बदलकर तुम्हारी नौकरी कर रहा है।"

"नहीं कु-शो-ला हम लोग तो अधिक पढ़े-लिखे नहीं हैं। इतना जानते हैं कि ने-ला को डोल्-मा (=तारा) की स्तुति याद है। वह बड़ा आज्ञाकारी नौकर है, इसलिए हमें बहुत प्रिय है।"

चे-से-चब् को अब निश्चय हो गया कि उनके मेज़बान् का चरवाहा साधारण आदमी नहीं है। उड़ती ख़बर उन्हें मिली थी कि एक भारतीय पंडित ता-नग् में कई वर्षों से भेड़ चरा रहा है—ठीक जान पड़ी।

उन्होंने घर के मालिक से पूछा—"चो-ला! अ-बू-ने-ला कहाँ है? क्या मैं उन्हें जाकर देख सकता हूँ?"

"कु-शो-ला! भेड़ों के साथ आता ही होगा। आप क्यों तकलीफ़ करेंगे?"

भेड़ें आ गईं, किन्तु स्मृति साथ में नहीं आये। चे-से-चब् ने उकताकर फिर पूछा। घरवाले ने कहा—"कु-शों-ला! हमारी गुम्बा का साधु आज-कल बीमार है। ने-ला रोज़ शाम-सबेरे उनकी सेवा के लिए जाया करता है। अभी आता ही होगा।"

थोड़ी देर के बाद दूर से आता हुआ एक आदमी दिखाई पड़ा। उसका क़द लम्बा था, शरीर कृश, ललाट आगे को उभड़ा हुआ। बीसों जगह से फटा चोगा, सड़ा-गला जूता उसकी असहनीय दरिद्रता को बतला रहा था। चेहरे को अच्छी तरह देखते ही चे-से-चब को पहचानने में देर न लगी। एक भारतीय पण्डित महात्मा, और वह इस स्थिति में—सोचते ही उनकी आँखें भर आईं और उन्होंने उठकर बड़े विनम्र भाव से स्मृति का अभिवादन कर कहा—"स्वामी! आपने क्यों यह कष्टमय जीवन स्वीकार किया?"

"मैं जो काम कर सकता हूँ उसी को कर रहा हूँ। संसार में ईमानदारी के साथ कोई काम जीविका के लिए करना ही चाहिए।"

"अरे! आप जैसे महान् पण्डित के लिए यह काम शोभा नहीं देता?"

"आप ग़लती कर रहे हैं। शायद आप किसी दूसरे के भ्रम में हैं। मैं तो मालिक का एक गरीब मूर्ख नौकर हूँ।"

"नहीं, अब आप अपने को छिपा नहीं सकते। आठ वर्ष चुपचाप भेड़ें चरा लीं सो चरा लीं।"

स्मृति ने अपने को बहुत छिपाना चाहा, किन्तु अब वह हो नहीं सकता था। आखिर हारकर उन्होंने कहा—"मैं इसी जीवन से सन्तुष्ट

हूँ।" लेकिन चे-से-चब् लो-च-वा तो उनसे विद्या सीखने के लिए आया था। वह उनकी सहायता से संस्कृत-ग्रन्थों का भोट-भाषा में अनुवाद करना चाहता था। स्मृति के बहुत ज़िद करने पर उसने कहा—"तब मैं भी यहीं आपके साथ रहूँगा।" अन्त में यही ठहरा कि यदि मालिक छुट्टी दे दें तो स्मृतिज्ञान साथ जायँगे।

मालिक ने अकेले में पूछने पर कहा—"नहीं, कु-शो-ला, आप बड़े हैं, हम पर दया कीजिए। ने-ला हमारा बड़ा अच्छा नौकर है। उसके बिना हमारे घर का काम नहीं चल सकता। उसे पण्डित और महात्मा बनाकर हमसे मत छीनिए। आपको ऐसे दूसरे नौकर मिल सकते हैं।"

स्मृतिज्ञानकीर्त्ति के जीवन-लेखकोंने लिखा है कि चे-से-चब् के बहुत कहने पर भी स्मृतिज्ञान को उनका मालिक देने पर राज़ी नहीं हुआ। अन्त में इस तरह काम बनता न देख वे अपनी दिव्य-शक्ति दिखलाने पर मजबूर हुए। देखते-देखते ता-नग का आकाश-मंडल मेघाच्छन्न हो गया। घनघोर वर्षा होने लगी। ब्रह्मपुत्र की धार बढ़कर गाँव के पास तक आ गई। चे-से चब् ने पूछा—"गाँव को डुबाना चाहते हो या भारतीय महात्मा को ले जाने की हमें अनुमति देते हो?"

अन्त में बेचारे को हाँ करना पड़ा। स्मृति ने फिर चे-से-चब् के लाये भिक्षुओं के वस्त्र को पहना। घरवालों ने अपने अपराधों के लिए बार-बार क्षमा माँगी। और एक दिन सबेरे अपने आठ वर्ष के निवास और उसके निवासियों की ओर हसरतभरी निगाह से देखते स्मृतिज्ञान चे-से-चब् के साथ चल दिये।*

---

*सन् १०३० ईसवी के आस-पास की बात है। तिब्बत का लो-च-वा (दुभाषिया पण्डित) पद्मरुचि अनुवाद-कार्य के लिए स्मृतिज्ञान-कीर्त्ति और सूक्ष्मदीर्घ दो भारतीय पंडितों को ले जा रहा था। नेपाल में जाने पर लो-च-वा मर गया। उस समय दोनों पण्डित भोट-भाषा से

अनभिज्ञ थे; तो भी पीछे लौटने की अपेक्षा उन्होंने भोट जाना ही अच्छा समझा। नेपाल से के-रोङ् और तिङ्-रि के रास्ते वे उस स्थान पर पहुँचे जहाँ पीछे स-स्क्य का महान् मठ स्थापित हुआ। रास्ते भर दोनों साथी अपने भविष्य प्रोग्राम पर बात करते आ रहे थे। स-स्क्य के आस-पास ही कहीं स्मृति ने अपना निर्णय सुनाया। तीन दिन और चलने पर दोनों शब् स्थान पर पहुँचे। स्मृति यहीं भेंड़ चराने लगे, और सूक्ष्मदीर्घ शि-गर्-चे होते रोङ् स्थान में जाकर किसी को पढ़ाने लगे। पीछे प्रधान रास्ते पर होने से स्मृतिज्ञान को शब् स्थान पसन्द नहीं आया और थोड़े ही दिनों के बाद वे उसे छोड़ शि-गर्-चे पहुँचे। फिर अपने अनुकूल स्थान की तलाश में दो दिन के रास्ते पर ब्रह्मपुत्र की बाईं तरफ़ अवस्थित ता-नग् गाँव में पहुँचे। यहीं वे आठ वर्ष तक चरवाही करते रहे। आचार्य दीपंकर श्रीज्ञान (९८२-१०५४ ई०) ने भोट-देश जाते वक्त स्मृति के वहाँ जाने की बात सुन कर कहा—"स्मृति-ज्ञान जैसा पण्डित पूर्वपश्चिम सारे भारत में नहीं है। उनके तिब्बत जाने पर मुझे क्यों ले जाते हो!" भोट में पहुँचने पर उन्होंने कई बार स्मृतिज्ञान का पता लगाना चाहा। जब उन्होंने स्मृतिज्ञान के ता-नग के जीवन की दुखमय कहानी सुनी तब उनकी आँखों में आँसू आ गये।

चे-से-चब् के साथ जाकर स्मृतिज्ञान कितने ही समय तक उसे पढ़ाते रहे। फिर वहाँ से वे रोङ्-ङोर्-सूम्रिग् गये। बाद में खम् प्रदेश के दन्-कूलोङ्-थङ् में रह उन्होंने बहुत-से संस्कृत-ग्रन्थों का भोट-भाषा में अनुवाद किया, और कुछ अपने भी ग्रन्थ बनाये। भारतीय पण्डितों में तेरहवीं शताब्दी के प्रथम पाद के आचार्य विभूतिचन्द्र (जगत्तला) को छोड़कर यही एक पण्डित थे जिनका भोट-भाषा पर इतना अधिकार था कि बिना लो-च-वा (दुभाषिया) के भी अनुवाद कर सकते थे।

खम् प्रदेश (पूर्वीय तिब्बत) के एक स्तूप में अब भी स्मृतिज्ञान का मृत शरीर रक्खा हुआ है।

६

जैसिरी

(प्रतिभा जिसके रास्ते सभी बन्द थे)

जैसिरी का गाँव पनदहा, बहुत छोटा गाँव था। किसी समय उसके पास जंगल था। किन्तु अब नाम-मात्र का थोड़ा-सा हिस्सा बच-बचा पाया था, और वह भी दूसरे गाँववालों की सीमा के भीतर था। पनदहा की सारी ज़मीन खेत बन चुकी थी; लेकिन तब भी वह गाँव के सब मुखों में अनाज डालने के लिए पर्याप्त न थी। धनी तो वहाँ कोई था ही नहीं; खाने-पीनेवाले घर भी चार-पाँच से ज़्यादा न थे और वह भी पनदहा के भरोसे नहीं। उनका गुज़र-बसर तो कलकत्ते की कमाई पर था। जैसिरी के माँ-बाप गाँव के सबसे ग़रीब आदमियों में थे। ग़रीबी ही के कारण उनके एक बूढ़े चाचा ज़िन्दगी भर क्वाँरे रह गये। जैसिरी की भी शादी शायद होती क्योंकि वे घर के बड़े लड़के थे, लेकिन लड़कपन में ही चेचक से उनकी एक आँख के चले जाने के कारण उसकी आशा जाती रही। घर में एक भाई की शादी हुई थी और वंश चलाने के लिए वह काफ़ी थी।

पनदहा ब्राह्मणों का गाँव था, लेकिन ऐसे ब्राह्मणों का जिन्होंने पीढ़ियों से अक्षर-ज्ञान के खिलाफ शपथ खा ली थी। अगर एक-आध आदमी रामायण पढ़ भी लेते थे तो वे भी जैसिरी की पट्टी में न थे। सत्यनारायण की कथा गाँव में, साल भर में, दस-पाँच बार हो जाया करती थी, क्योंकि उसमें ख़र्च कम और पुण्य अधिक था। हैज़ा या चेचक का डर होने पर एक-आध बार दुर्गा-पाठ भी हो जाया करता था। लेकिन वह पारायण होता था; और भाषा में अर्थ न करने से गाँव के और आदमियों की भाँति जैसिरी को भी उसका अर्थ नहीं मालूम होता था। वाल्मीकि रामायण और भागवत की कथा खर्चीली

चीज़ें थीं, पनदहा में उसकी दान-दक्षिणा के लिए किसी में शक्ति न थी। तो भी एक-आध बार कम-से-कम भागवत की कथा हुई ज़रूर होगी, क्योंकि जैसिरी को कृष्ण और कंस की, परीक्षित और तक्षक की कथायें याद थीं। किसी पाठशाला के न रहने और गाँव में शिक्षितों के न होने पर भी, मौखिक शिक्षा के लिए जैसिरी को यही अवसर मिला था या यों कहिए कि थोड़ी-सी भी सुनी बात से गुनकर वे बहुत अर्थ निकाल लिया करते थे। तभी तो चव्वालीस वर्ष की उम्र में उनको देखकर कोई भी आदमी उनके संस्कृत मस्तिष्क को पहचाने बिना नहीं रहता।

होश सँभालने के साथ ही जैसिरी को चरवाही का काम मिला था। दो-चार गायें और एक दो भैंसें, यही उनके पास चराने को थीं। थोड़ा और सयाना होने पर चार-पाँच घंटा घास काटने के लिए भी उन्हें देना पड़ता था और जब हाथों में कुदाल उठाने की ताक़त आई तो खेत पर भी घरवालों की मदद करनी पड़ती। देहात के और गाँवों की तरह पनदहा में भी चरवाही लड़कों का काम समझा जाता था, लेकिन जैसिरी चालीस वर्ष से ऊपर पहुँच जाने पर भी नियम से रोज़ गायों को चराने ले जाया करते थे। वैसे तो उनका शरीर दुबला-पतला था; लेकिन वह कमज़ोर न था। हड्डियाँ काफी मज़बूत थीं। तेज़ चलने में गाँव भर में कोई उनका मुक़ाबला नहीं कर सकता था। बीमारी उनके पास फटकती न थी। फिर भी घरवाले क्यों चरवाही के लिए राजी हुए? जान पड़ता है जैसिरी का ख़ुद का आग्रह इसमें कारण था। गाँववालों के पास काम भी बहुत होता है और छुट्टी का समय भी। लेकिन उनके छुट्टी के समय के बिताने के तरीक़े सभी श्लाध्य नहीं हैं। बाज़ वक्त जमा होकर मंडली में उड़ती बात में एक झूठ की जगह सात झूठ जोड़कर दोहराया जाता था। बाज़ वक्त गाँव के हर एक आदमी की जब शिकायत शुरू हो जाती तो कोई आदमी न बच पाता था।

और शिकायत भी ऐसे कड़े शब्दों में कि दूसरे ही दिन, एक कान से दूसरे कान में होते-होते दोनों ओर से लाठियाँ निकल जाती थीं। अकसर गाली-गलौज और बीच-बिचाव से काम चल जाता; था किन्तु कितनी ही बार दोनों ओर की कुछ खोपड़ियाँ लाल हुये बिना नहीं रहती थीं। ऐसी कथा-मण्डली जैसिरी जैसे आदमी को पसन्द न हो सकती थी और कभी भी उन्हें ऐसी मण्डली में बैठा देखा नहीं गया। मंडली में बैठने से उनको घृणा थी यह भी नहीं कहा जा सकता था। ढोल-झाँझ के साथ रामायण गाये जाते वक्त अवश्य वे दिखाई नहीं पढ़ते थे, लेकिन अर्थ के साथ चौपाई जहाँ चलती थी, जैसिरी वहाँ जरूर मौजूद रहते—यदि वे चरवाही में चले न गये होते। बहुधा अर्थ करने का काम उन्हीं के जिम्मे रहता था। अक्षर का उन्हें बिल्कुल ज्ञान न था, लेकिन चौपाइयों का जो अर्थ वे करते थे उसको सुनकर आदमी को दङ्ग रह जाना पड़ता था। लेकिन दङ्ग होने की जरूरत नहीं। जैसिरी अक्षर से परिचित न होने पर भी बहुश्रुत थे या जो कुछ सुनते थे उसे गुनते थे और याद रखते थे।

जैसिरी को गीत-गोविन्द और विनयपत्रिका के कितने ही पद भी याद थे। विनयपत्रिका के पदों को बहुत कुछ समझ भी लेते थे, लेकिन गीत-गोविन्द के पद को वे नहीं समझते थे, और उनके संस्कृत के भ्रष्ट उच्चारण को सुनकर तो कोई नवागत पंडित झल्लाकर बोल उठता—"काने ने क्या बकबक कर रक्खी है।" पनदहा और गीत-गोविन्द तथा विनयपत्रिका? हाँ, ये संभव नहीं थे, लेकिन लगन के समय हर साल पनदहा में पाँच-दस बरातें आ जाती थीं जिनमें नाच भी होती थी। जैसिरी नाच के शौकीन न थे, लेकिन जब उन्हें मालूम होता कि कोई नाचनेवाला लड़का गीत-गोविन्द और विनयपत्रिका के पद गाता है, तो वे उसमें बराबर मौजूद रहते थे और जो दो-चार पद उन्हें याद थे उन्हें उन्होंने इन्हीं बारातों में सीखा था।

जैसिरी का घर अत्यन्त ग़रीब था, लेकिन उनको देखकर कोई वैसा समझ नहीं सकता था। वे अपनी धोती बराबर साफ़ रखते। फटी होने पर भी सिलाई ऐसी करके रखते थे कि कोई पहचान न सकता था। हाँ, वे अपनी धोती घुटनों से नीचे नहीं जाने देते थे। धोती के अतिरिक्त बदन पर एक दो गज़ का अँगोछा होता था और वह भी वैसा ही साफ़ होता था जैसी धोती। पनदहा के आस-पास ऊसर नहीं था, जिससे कि उन्हें सज्जी या रेह मिल जाती। साबुन का उस समय (१६०४) तक सर्वत्र प्रचार नहीं हुआ था और अगर प्रचार होता भी तो उनके पास खरीदने के लिए पैसे कहाँ!

धोती-अँगोछा के अतिरिक्त बरसात में उनके पैरों में बढ़ीदार खड़ाऊँ (पौवा) होती थी। वर्षा से बचने के लिये एक बाँस का छत्ता जिसमें दो हाथ बाँस का मोटा डंडा रहता था। पानी रोकने के लिए छत्ते का ऊपरी भाग बारीक बाँस की बुनाई का होता था और निचला भाग कुछ मोटी तीलियों के चारखाने का। दोनों परतों के बीच में पलास के पत्तों की तहें ऐसी जमाई गई होतीं कि कितना ही पानी बरसने पर भी एक भी बूँद भीतर नहीं जा सकती थी। जैसिरी के लिए यह छत्ता सिर्फ़ वर्षा रोकने के लिए ही न था, बल्कि उसका ज़मीन से थोड़ा ऊपर उठा डंडा तानपूरे का काम देता था। यदि किसी सावन-भादों के महीने में पनदहा के पूर्वोत्तरवाले बचे-खुचे जङ्गल या परती भूमि पर कोई आदमी अचानक निकल पड़ता और यदि वहाँ उसे जहाँ-तहाँ बिखरी हुई पचास-साठ गायें-भैंसें दीख पड़तीं, तो उसे यह पता लगाने में मुश्किल न होता कि वह जैसिरी और उनके बाल-गोपालों के पास पहुँच गया है। यदि कहीं उस समय आकाश में नीले-नीले बादल होते जो हलकी हवा के झोंके से पूरब से पश्चिम की ओर चलते दिखलाई पड़ते। उस बन की बिखरी हुई पलास की हरी-हरी झाड़ियों, और लबालब भरे डबरों (पल्वलों) तथा क्षितिज तक फैले हुए शान्त और मनोहर भू-भाग को

देखकर यदि उसके हृदय में रसिकता का भाव उदय हो आता तो उसे अपार आनन्द होता यदि उसी समय वह जैसिरी की मण्डली को ढूँढ़ने निकल पड़ता। उसे उसके लिए बहुत दूर नहीं जाना पड़ता। उस हरे-भरे मैदान की सबसे ऊँची जगह—ऐसी ऊँची जगह जहाँ से पानी बरसने के साथ ढरक जाता हो और जहाँ से बिखरी हुई गायों पर निगाह रक्खी जा सकती हो—की तरफ़ यदि निगाह डालता, पर बीच में बाँस का एक छत्ता दिखाई पड़ता। उसके चारों ओर घेरकर बैठी हुई दस-बारह नन्हीं-नन्हीं मूर्तियाँ होतीं। नज़दीक पहुँचने पर उसे मालूम होता कि छत्ते के नीचे एक अधेड़ आदमी उकड़ूँ बैठा है। उसने अपने घुटनों और कमर को घेर कर अँगोछे से बाँध लिया है। कोई ताज्जुब नहीं कि छत्ते के डंडे पर ताल देकर उस वक्त "सिरिपति कमलाकन्त" गाया जा रहा हो। यद्यपि उन श्रोताओं के लिये जिनमें सबसे बड़े की उम्र बारह-तेरह बरस से अधिक न रही होगी, यह गाना अजीब-सा मालूम होता और दर्शक को यह देखकर और भी आश्चर्य होता कि सभी शान्त हैं, कोई आपस में काना-फूँसी तक नहीं कर रहा है। इसके लिए आश्चर्य करने की आवश्यकता नहीं। न श्रोतृ-मंडली गाने के एक-एक शब्द को समझ रही है, न वह गायक के स्वर पर मुग्ध है। बात यह है कि जैसिरी और उनकी श्रोतृ-मण्डली एक-दूसरे के दिल का बहुत खयाल रखती है। वह भले प्रकार जानती है, कि कभी-कभी उनके मनोरञ्जन का विषय अलग-अलग भी हो सकता है और जब सम्मिलित मनोरञ्जन का भाग ही अधिक है तो पृथक मनोरंजन के समय थोड़ा धैर्य से काम लेना चाहिए। बालमंडली अच्छी तरह जानती है कि "सिरि-पति कमलाकन्त" घण्टों नहीं होता रहेगा। और उसके खतम होने के साथ ही वह अपनी मनचाही बात सुनेगी।

आठ से तेरह बरस आयुवाली पलटन के ऊपर अनुशासन करना साधारण काम नहीं है। बड़े-बड़े नीतिकार भी इनके मामले में इतने

निराश हुये कि उन्होंने पाँच से पन्द्रह वर्षवालों के लिए 'दश वर्षाणि ताडयेत्' कह दिया। जैसिरी ने लड़कपन ही से चरवाही शुरू की थी। और अब उनकी आयु ५४ वर्ष की होगी। २८-वर्षों से तो वे पनदहा के चरवाहों के सर्वमान्य नेता होते आ रहे हैं। चरवाहों की कितनी ही टुकड़ियाँ अपने चरवाही-जीवन को समाप्त कर किसान बन गईं और उनकी जगह पर लगातार कितने नये चेहरे आते गये, लेकिन जैसिरी का प्रभाव अक्षुण्ण रहा। जैसिरी का हुक्म मानने में कभी किसी ने आनाकानी नहीं की। मारने की तो बात ही क्या, उन्होंने कभी किसी को डाँटकर भी कुछ नहीं कहा। लड़कों के मनोरंजन के लिए जैसिरी के पास छक्कड़ों-भरी कहानियाँ—सुनने की भी पहेलियाँ और हँसाने के क़िस्से भी—थीं। एक-दो वर्ष तक तो वे लगातार नई कहानियाँ सुना सकते थे और उनके कहने का ढंग ऐसा था कि पुरानी कहानी भी लड़कों को नई मालूम होती थी। उनकी हँसानेवाली कहानियाँ तो ऐसी चित्ताकर्षक होती थीं कि लड़के दिन में चार-चार बार उसी को दोहराने को कहते थे; और सुनकर लोट-पोट हो जाते थे। जैसिरी लड़कों के मन और उसके झुकाव के सम्बन्ध में रत्ती-रत्ती जानते थे। वे जानते थे कि लड़कों को ख़ुश करना जैसा आसान है, उसी तरह ज़रा-सी ग़लती से वे नाराज़ भी किये जा सकते हैं। कहानी के बीच में कभी वे किसी गाय को खेत या गाँव की ओर जाते देख लेते तो उस समय मामला बड़ा बेढब हो जाता। साधारण स्थिति में ऐसे समय कोई लड़का कहानी छोड़कर गाय लौटाने के लिये जाने को तैयार न होता; लेकिन जहाँ जैसिरी एक पतली-सी हँसी की रेखा अपने मुँह पर लाकर कहते—"मँगरू, बच्चा, जाओ तो गाय लौटा लाओ" तो उसी वक़्त वह लड़का दौड़ जाता। हाँ, वह लौटकर आने के लिए भी उतनी ही जल्दी करता। वह जानता था कि कथा तब तक वहीं रुकी रहेगी जब तक वह लौट नहीं आयेगा; और उसे यह भी विश्वास था कि काम देने में जैसिरी चाचा सबको एक निगाह

से देखते हैं। इस बीच के समय में जैसिरी मंडली में रसभंग भी नहीं होने देते थे। वे बीच में कोई ऐसा चुटकुला छोड़ देते कि उतने में वह लड़का भी आ जाता।

अपरिचित आदमी को जैसिरी बहुत चुप्पे मालूम होते थे। मित-भाषी वे ज़रूर थे। लेकिन उनके पास वाणी की शक्ति पर्याप्त थी। जहाँ बोलने की आवश्यकता होती, वे खूब बोलते थे। जिस विषय को वे हानिकारक समझते, उस पर मौन ज़रूर रहते थे; और जिस मंडली में लोग होड़ लगाकर बात करने में एक-दूसरे से बाज़ी मार ले जाना चाहते थे, वहाँ भी जैसिरी मुँह खोलने की आवश्यकता न समझते थे। लड़कों से उनका अपार स्नेह था। उनसे बात करने में उन्हें आनन्द आता था। इसमें कोई शक नहीं कि पनदहा ऐसे गाँव में जहाँ अक्षर-ज्ञान से लोगों को सरोकार न था, बालकों के लिए जैसिरी की संगति खुली हुई पाठशाला थी। उनकी कहानियों और गीतों से उनको बहुत शिक्षा मिलती थी।

वर्षा और ऋतु के सम्बन्ध की पचासों लोकोक्तियाँ उन्हें याद थीं जिनमें घाघ की सूक्तियाँ भी शामिल थीं। बादल, हवा, चींटी और फतिंगे को वे देखकर बतला देते थे कि वर्षा होनेवाली है या सूखा, और ऐसा अवसर शायद ही आता था जब कि उनकी बातें ग़लत होती थीं।

चरागाह के अतिरिक्त एक और भी स्थान था जहाँ लोगों को जैसिरी की मीठी बातों के सुनने का अवसर मिलता था और यह था कुल्हाड़। उस समय और जगहों की तरह पनदहा के भी सभी कोल्हू पत्थर के थे। उनकी दस-दस बारह-बारह गज़ लम्बी जाठ (यष्टि) इतनी भारी होती थी कि कोल्हू की धुलाई के वक्त आठ-दस आदमियों के बिना काम नहीं चल सकता था। इसीलिए बिना चार-पाँच दूसरे घरों को सम्मिलित किये अकेले किसी घर के लिए एक कुल्हाड़ चलाना

असंभव था। जैसिरी का घर जिस कुल्हाड़ में शामिल होता उसके कार्य-कर्त्ताओं और आसपास के लड़कों का तो भाग्य खुल जाता। जैसिरी कातर पर बैठकर बैलों के हाँकने के काम को काहिलों और कमज़ोरों का काम समझते थे। कम्बल की घोघी ओढ़े, कोल्हू की परिक्रमा करते घानी चलाना उन्हें बहुत पसन्द था। यद्यपि इसमें पैरों और हाथों को मिहनत और सर्दी दोनों से तकलीफ़ होती थी। कुल्हाड़ों में कभी-कभी श्रोता—जिनमें कितने ही उनके पुराने शिष्य भी होते—आधीरात तक आग तापते रहते; इस प्रतीक्षा में कि घानी समाप्त होने पर जैसिरी आग के किनारे बैठकर कथा सुनायेंगे। इस वक़्त की कथा में ताराओं का भाग काफी रहता था। शरद्‌काल के स्वच्छ आकाश में मोती की तरह बिखरे हुए इन अगणित शुभ्रतारों को देखकर वैसा होना ज़रूरी था। सप्तर्षि जैसे कुछ तारों को छोड़कर बाक़ी सभी तारों के ऐसे नाम होते थे जिनका किताबों में पता मिलना मुश्किल था। हर एक तारों के झुण्ड के इतिहास के बारे में कितनी ही कथाएँ उनको याद थीं। चर्खा चलानेवाली बुढ़िया कैसे वहाँ पहुँची? मृगशीर्ष के खटोले को कौन लोग लिये जा रहे हैं? वशिष्ठ और अरुन्धती कैसे सप्तर्षि-मण्डल में पहुँचे? चन्द्रमा की प्रिया रोहिणी क्यों लाल है? लोधवा (लुब्धक) क्यों इतना चमकता है? उनका खगोल का ज्ञान कथाओं तक ही सीमित न था। उस पुरानी कुल्हाड़ की संस्था में आधीरात (जिसे जैसिरी के प्रदेश की भाषा में परेव कहते थे) का ठीक समय जानने की बड़ी आवश्यकता थी। कार्यकर्त्ताओं की बदली का यही समय था। इसके लिए हमेशा जैसिरी ही पूछे जाते थे। जैसिरी जानते थे कि जाड़े के किस महीने में कौन तारा रात के बारह बजे ठीक सिर के ऊपर आता है। इसके सम्बन्ध में घाघ की कुछ सूक्तियाँ उन्हें कंठस्थ थीं।

रात के वक्त बहुधा गाँव और रास्ते के भूतों और चुड़ैलों की कथा

निकल आती थी। भूत-प्रेत नहीं हैं—यह तो जैसिरी नहीं कह सकते थे; क्योंकि जो भी बड़ा से बड़ा ज्ञान लड़कपन से अब तक उन्होंने पाया था; सभी भूतों-प्रेतों की सचाई के पोषक थे। हाँ जैसिरी भूतों से उतना डरते नहीं थे। गाँव से आधा मील पर, सुनसान जगह में, एक ठूँठा पीपल का लम्बा वृक्ष था। दोपहर और सूर्यास्त के वक़्त भी लोग अकेले-दुकेले उसके पास से गुजरने की हिम्मत न रखते थे। आसपास के मील-दो मील के भूतों का राजा उस वृक्ष पर रहता था। किसी की हिम्मत की परीक्षा लेनी होती तो लोग उसी ठूँठे पीपल से पत्ता तोड़कर लाने की शर्त पेश करते। मालूम नहीं कि कभी किसी ने जैसिरी के सामने यह शर्त पेश की; लेकिन यदि कोई ऐसी शर्त करता तो इसमें शक नहीं कि जैसिरी आधीरात को भी जाकर, पत्ता तोड़ लाते। हो सकता है, वे यह सब हनुमान्‌जी के नाम के बल पर करते; लेकिन इसमें तो सन्देह ही नहीं कि वे दिल के बहुत मज़बूत थे। पानी खतम होने से पहले दो-मील चलकर लौट आने की परीक्षा तो उन्होंने एक से अधिक बार पास कर ली थी।

जैसिरी कुछ मंत्र भी जानते थे। शरीर पर चित्तियाँ पड़ जातीं, इसे लोग साँप के जूठे पानी पीने के कारण बतलाते थे। बहुत-से आदमी जैसिरी के पास झाड़-फूँक के लिए आते थे। इसमें तो उनकी ख्याति इतनी थी कि कई मील तक के लोग उनके पास आते थे। वे आदमी की पीठ पर सफेद काँसे (फूल) की थाली रख देते थे। मंत्र-बल या शरीर के ज़हर अथवा पसीने से, थाली पीठ पर चिपक जाती। इसके बाद मंत्र पढ़-पढ़कर शुद्ध मिट्टी की छोटी-छोटी डलियों को वे उस पर फेंकते। यह क्रिया तब तक जारी रहती जब तक कि थाली ख़ुद ज़मीन पर गिर न पड़ती। शायद इसके लिए उन्होंने एतवार या मंगल का दिन भी नियत कर रक्खा था। लोगों का विश्वास था कि दो-चार बार के झाड़ने से साँप के जूठ का ज़हर निकल जाता है। शायद वे

साँप काटे को भी झाड़ते थे। आँख के पीलिया (कामला) रोग पर भी उनका मंत्र खूब चलता था। सभी रोगियों को इससे फ़ायदा होता था, यह तो नहीं कहा जा सकता; किन्तु एक बात तो प्रत्यक्ष देखने में आती थी। थाली में पानी रखकर रोगी के दोनों हाथों को उसमें रखवा जब वे अपने दोनों हाथों से झाड़ने लगते थे, तो थोड़ी देर में सारा पानी पीला हो जाता था। सम्भव है कि वे अपनी अँगुलियों में कोई पीले रङ्ग की जड़ी लगाकर झाड़ते थे। इन चिकित्साओं के लिए वे एक पैसा भी किसी से न लेते थे।

जैसिरी इतने मधुर-भाषी थे और निन्दा-शिकायत से इतनी दूर रहते थे कि पनदहा में उनका कोई शत्रु न था। गाँवों के स्वभाव के अनुसार उनके घर की भी बोलचाल किसी न किसी घर से बराबर बन्द रहती थी; लेकिन जैसिरी के लिए सबका मुँह खुला रहता था और सभी जगह स्वागत का शब्द तैयार था। गाँव में अपनी धार्मिकता और भक्तिभाव दिखाने के लिए कितने ही लोग रुद्राक्ष की माला या तुलसी की कंठी धारण करते थे, कितने ही तिलक और चन्दन लगाते थे। जैसिरी धार्मिक थे, लेकिन उनके पास धर्म के ये बाह्य चिह्न बिलकुल न थे। वस्तुतः जैसिरी जन्मजात दार्शनिक थे। जैसिरी का जन्म यदि तीन हज़ार वर्ष पहले हुआ होता तो उनकी सूक्तियाँ मंत्रों और उपनिषदों में जमा होकर श्रुति समझी जातीं और उनका नाम ऋषियों की परम्परा में अंकित होता। यदि वे अपने ही समय में, किन्तु ऐसे घर और परिस्थिति में पैदा होते जहाँ उन्हें आधुनिक शिक्षा के सभी साधन सुलभ होते, तो वे अपने समय के सबसे बड़े शिक्षा-सम्बन्धी विशेषज्ञ बनते।

७

राजबली

(अभागा बालक)

राजबली के पिता बहुत ग़रीब थे। जवानी के बीत जाने पर मोल लेकर उन्होंने एक लड़की से शादी की! उनके तीन बच्चे हो पाये थे कि वे मर गये। बच्चों में राजबली से बड़ी दो बहिनें थीं। लड़की भी शायद शादी के क़र्ज़ के अदा करने के लिए किसी दूसरे अधेड़ पुरुष के हाथ बेच दी गई। राजबली और उनकी माँ अब भी अपने गाँव में रहते थे। कुछ वर्षों तक माँ ने किसी तरह गुजारा किया; लेकिन आधे बालू आधे मिट्टीवाले एक एकड़ खेत में उनका गुजारा चलना मुश्किल था। आखिर तङ्ग आकर माँ लड़के को ले अपने दामाद के पास चली गई। दामाद के घर जाकर सास का रहना बड़ी शर्म की बात है; लेकिन और दूसरा चारा ही क्या था? घर छोड़ते वक्त राजबली की उम्र ५-६ वर्ष से अधिक न होगी। दामाद भी कोई धनी न था और उस पर उसका घर निरे देहात में न था। सास और साले की, कुछ दिनों तक खातिर ज़रूर की गई, लेकिन पीछे भाव बदल गया। राजबली यद्यपि अभी बच्चा था; लेकिन उससे अपनी शक्ति से बाहर काम लिया जाता था। न कर सकने पर गाली और मार पड़ती थी। थोड़ा और बड़ा होने पर लड़का समझने लगा कि उसका गाँव कहीं दूसरी जगह है। उसकी माँ वहाँ से आकर दामाद के पास रहने लगी है। लड़कों से झगड़ा होने पर वे भी कभी-कभी ताना दे देते थे। वर्ष के अधिकांश दिन राजबली को आधा पेट खाकर ही बिताने पड़ते थे।

राजबली अब १३-१४ वर्ष का हो गया था। लड़कपन से अपमान

सहते सहते यद्यपि उसका दिल पत्थर-सा हो गया था, लेकिन इसके साथ कभी भूख का शान्त न होना, उसके मन को सोचने पर मजबूर करता था। उसने ख्याल किया कि यहाँ मार-पीट खाकर भूखे रहने से अपने घर चला जाना अच्छा है। संभव है कि उसने अपनी माँ से भी इसके बारे में कहा हो, किन्तु माँ घर लौटने को तैयार न थी। राजबली का घर यद्यपि १०-१२ मील से अधिक दूर नहीं था, तो भी महीनों वह अपने पड़ोसियों से अपने घर के बारे में दर्याफ़्त करता रहा।

*　　　*　　　*

राजबली एक दिन गुम हो गया। माँ और बहनोई ने तलाश की। शायद यह तलाश दिल से नहीं हो रही थी क्योंकि राजबली को ढूँढ़ने को कोई उसके गाँव पर नहीं गया। राजबली के लिए १०-१२ मील की यात्रा भी आसान न थी। उसे मालूम था कि उसका गाँव रानी की सराय के क़रीब है। रानीकीसराय का बाज़ार उसी पक्की सड़क पर था जिस पर उसके बहनोई का गाँव था। रानीकीसराय से राजबली का गाँव एक ही मील था। इस प्रकार राजबली को अपने गाँव में पहुँचने में मुश्किल न हुई। क्वार का महीना था। सड़क के किनारे की पोखरी पर गाँव के कुछ लोग सन धो रहे थे और कुछ सन को सन्ठे से अलग कर रहे थे। लोगों ने देखा एक पतला दुबला लड़का है, जिसकी ठठरी की हड्डियाँ एक-एक कर गिनी जा सकती हैं, हाथ और पैर सूखकर लकड़ी-से हो गये हैं, सारे शरीर में अगर कोई चीज़ बड़ी मालूम होती है तो वह है लम्बा पेट। कमर में एक मैली-कुचैली लँगोटी और कंधे पर एक फटा-पुराना अँगोछा। लड़के ने आकर लोगों से अपने बाप का नाम लेकर घर पूछा। लेकिन उसका घर तो कब का गिर चुका था। पूछने पर उसने अपनी सारी दुःखगाथा सुना दी। कैसे उसकी माँ उसे लेकर दामाद के यहाँ भाग गई थी। कैसे उसे इतने दिनों

तक नरक का जीवन बिताना पड़ा, और कैसे वह वहाँ से यहाँ भाग कर चला आया। राजबली को भूखा देखकर किसी ने थोड़ा चबैना दे दिया। एक गिलास पानी पीने पर उसका चित्त कुछ ठंढा हुआ। लेकिन अब उसके सामने बड़ी समस्या थी—किसके घर जाये। वहाँ बैठे लोग भी इस बात को समझते थे। एक ने कहा—"तो लड़का कहाँ जाय!"

दूसरा—"क्यों? चचेरे भाई लोगों को इन्तज़ाम करना चाहिए। आखिर इसका खेत भी तो यही लोग जोत रहे हैं।"

तीसरा—"हाँ, वे इतने गरीब भी तो नहीं हैं।"

पहला—"तो उन्हें बुलाकर कहना चाहिए कि तीनों भाई लड़के को बारी-बारी से अपने घर रखें।"

सब लोग इस राय पर सहमत थे। राजबली के तीनों चचेरे भाइयों को पञ्चों की बातें माननी पड़ी। राजबली के रहने की बारी पहले जेठे भाई के यहाँ हुई। उनका परिवार बड़ा था। घर में पाँच लड़के और उतनी ही बहुएँ थीं। राजबली के भाई और भावज भी मौजूद थे। एक आध दिन हर एक नवागन्तुक के साथ मेहमाना चलती है। राजबली के साथ भी वैसी ही हुई। अब राजबली घर का बिना खरीदा दास था। गाय-भैंस चराना राजबली ख़ुद पसन्द करता था। वहाँ उसे लड़कों के साथ खेलने को भी मिलता था। घर की चढ़ी त्योरियों से भी वहाँ उसकी जान बचती थी, लेकिन राजबली के ज़िम्मे तो और दूसरे काम थे। सूरज उगने के पहले ही उसे जागना पड़ता था। रात को देर से सोने के कारण सवेरे की ठंडी हवा से यदि उसकी नींद न खुलती तो सबेरे ही सबेरे उसे पचास बातें सुननी पड़तीं। उसे गोबर हटाना पड़ता, फिर सारी गोसार और आँगन में झाड़ू लगाने का काम भी उसी को करना पड़ता। बच्चों के खा लेने पर कुछ जूठे सूखे टुकड़े उसे भी मिल जाते थे। दिन में कभी वह घास काटने जाता था और कभी ढोर

चराने। शाम को पचीसों घड़े पानी भरकर बैलों को सानी देनी पड़ती थी, और फिर उसके बाद एक न एक छोटे-मोटे काम ग्यारह-बारह बजे रात तक उसके लगे ही रहते थे।

पन्द्रह दिन बीतने के बाद राजबली मँझले भाई के घर में चला जाता था। वहाँ भी उसकी दिनचर्या करीब-करीब ऐसी ही थी। हाँ, मँझले भाई के घर में सब मिलाकर दो ही तीन आदमी थे। इसलिए अलग-अलग आदमियों की फरमाइश कुछ कम थी। बारी बदलते वक्त राजबली की फटी लँगोटी भर उसके साथ एक घर से दूसरे घर जाती! उसके लिए बनी सड़े चीथड़ों की गूदड़ी दूसरी बार के लिए सम्भाल कर रख दी जाती थी। राजबली की माँ जवानी में ही घर छोड़कर दामाद के यहाँ चली गई थी। इसके लिए गाँव में तरह-तरह की अफवाहें फैली हुई थीं। कुछ लोग उसके चाल-चलन पर संदेह करते थे। इसका फल बेचारे राजबली को भी भोगना पड़ता था। राजबली को चौके के भीतर जाने की आज्ञा न थी। उसका छुआ पानी पीने में भी परहेज किया जाता था। राजबली इन बातों को देखता था और इनके मतलब को भी समझता था। बहनोई के यहाँ से निराश होकर वह यहाँ आया था। उसने समझा था कि स्थान बदलने से शायद किस्मत में भी कुछ हेर फेर हो जाय, लेकिन यहाँ भी उस छोटी उम्र में उसे दिनरात काम की चक्की में पिसना पड़ता था। पन्द्रह-पन्द्रह दिन की तबदीली उसे ढाढ़स ज़रूर बँधाती थी। नये घर में दो-चार दिन कुछ नर्मी का बर्ताव रहता था। बाक़ी दिनों में जब कड़ाई बढ़ती जाती तो वह दिनों को गिनकर नये घर में जाने की आशा से संतोष कर लेता। उसे यह भी खयाल था कि पाँच-सात वर्ष बाद जब वह थोड़ा सयाना हो जायगा तो अपने बाप के एक एकड़ खेत का वह मालिक होगा।

राजबली साधारण बुद्धि का लड़का था। आत्म-सम्मान का भाव

उसमें कितना था यह ठीक से नहीं कहा जा सकता; क्योंकि लड़कपन ही से आत्म-सम्मान क्या चीज है इसे अनुभव करने का उसे मौका नहीं मिला। जैसे लोहू और पीब बहते-बहते कोढ़ी का घाव सुन्न पड़ जाता है, वैसे ही शैशव से घात-प्रत्याघात सहते-सहते राजबली का दिल सुन्न हो गया था। उसके दिल से आत्म-सम्मान का भाव मानो जबर-दस्ती निकाल दिया गया था। किन्तु वहाँ से उसकी जड़ तक खोदकर फैंक दी गई थी, यह नहीं कहा जा सकता; क्योंकि ताना धिक्कार और फटकार के लिए वह अपने कामों में अवसर नहीं देना चाहता था। राजबली को रोज ही झिड़कियाँ सहनी पड़ती थीं और हर दूसरे-तीसरे दो-चार चपत भी खाने पड़ते थे। उस वक्त वह एक कोने में जाकर सिसक-सिसक कर रो लेता था। उसके आस-पास सहानुभूति रखनेवाले लोग बहुत कम थे, जो कि उसके आँसुओं को पोंछते, उसके मन को ढाढ़स देते। बहुधा तो उसे रोने के लिए भी फुरसत न मिलती थी। काम करते-करते वह अपने आँसुओं को खाली कर देता और फिर आँखें खुद सूख जाती थीं। राजबली का रंग गोरा था। उसके मुंह पर चेचक के दाग ज़रूर थे, लेकिन वे उसे कुरूप बनाने में सफल नहीं हुए थे। यदि उसे भूखे रहकर शरीर सुखाना न पड़ता और साफ़ कपड़े-लत्ते मिलते तो उसकी गिनती सुन्दर लड़कों में होती। किन्तु राजबली जिस परिस्थिति में पला था, उसने उसके शरीर और मन दोनों को पीस दिया था।

भादों के महीने में गाँव की पोखरियों में सन डालकर सड़ाया जाता था। उस सड़े दुर्गन्धयुक्त पानी के कारण गाँव में सभी जगह मलेरिया फैल जाता। जाड़ा बुखार राजबली के लिए हर साल की बात थी। किसी साल वह रोज़ाना आता और किसी साल अँतरा या तिजारी के रूप में। राजबली को अपने कामों से उसी वक्त छुट्टी मिलती थी जब उसकी आँखें कड़े ज्वर के कारण अंगारे की तरह लाल हो जातीं और

वह अपनी गुदड़ी ओढ़े धूप में काँपता रहता। ऐसा बहुत कम होता जब घर का कोई आदमी आदमी आकर उसके पास आता। लोग समझ लेते थे कि दो घंटे के बाद जड़ैया खुद उतर जायगी। राजबली को कुनैन भी मुयस्सर न थी। उसे मालूम था कि जड़ैया आते वक्त प्यास बहुत लगती है, और इसके लिए वह अपने पास एक लोटा पानी पहले से ही तैयार रखता था। बुखार उतरते ही उसके सामने फिर वही चक्की। बुखार में हो या निरोग, उसके लिए वही घर का बचा-खुचा भोजन। पेट भरा होता तो शायद वह उस खाने को न खा सकता किन्तु मिठास तो भूख में है। और राजबली शायद ऐसे समय को नहीं जानता, जब उसके पेट में क्षुधा की वेदना न होती हो।

गाँव में प्लेग का ज़ोर बढ़ा। जाड़ों में हर साल चूहे मरते थे और लोगों को घर छोड़कर फूस की झोपड़ियों में डेरा डालना पड़ता था। राजबली भी घरवालों के साथ झोपड़ियों में जाता। लोग गाँव में जाने से डरते थे। उनको एक धुँघला-सा ज्ञान था कि घर में जाने से प्लेग लग जायेगा। राजबली को इसकी कोई पर्वा न थी। उसे मृत्यु का डर नहीं था—यह नहीं कहा जा सकता। वस्तुतः उसके मन के लिए मृत्यु न डर की चीज़ थी और न चाह की। उसने दो वर्षों में इसी प्लेग से अपनी दो भाभियों को मरते देखा था; किन्तु मरने का उसके दिल पर इससे ज्यादा असर नहीं हुआ कि वह दो परिचित चेहरों को कितने ही दिनों से नहीं देख रहा है। जिसके दुःख में कभी किसी ने कोई सहायता नहीं दी, जिसे अपने सुख में कभी किसी ने शरीक नहीं किया, बीमारी में जिसे अपने भाग्य पर छोड़ दिया गया; उसके दिल पर दुनिया के मरने-जीने का क्या असर पड़ता?

कहने को राजबली लड़का था। यही उसके लिए हंसने-खेलने की उम्र थी; लेकिन उसका चेहरा हमेशा सूखा रहता था। वैसे तो वह कभी हसता ही न था; लेकिन यदि हंसता भी था तो सूखी हंसी। किसी भाव

को भी खुलकर प्रकट करने का उसे मौक़ा नहीं दिया जाता था। अपने हर एक काम के लिए लोगों से भर्त्सना सहते-सहते, उसे अपना कोई भी काम निरापद नहीं जान पड़ता था। भले काम में भी उसे घुड़की पाने की शंका रहती थी, फिर दिल खोलकर वह अपने भावों को कैसे प्रकट करता!

वह अपने जीवन से ऊब गया था—यह नहीं कहा जा सकता; क्योंकि जीवन और उसकी पहेली क्या है, इसके समझने की उसमें शक्ति न थी। मृत्यु उसे इस नारकीय यातना से मुक्त कर देगी, यह भी उसके विचार के बाहर की बात थी। लेकिन एक बात थी—वह हर एक चीज़ को नीरस समझता था। घड़ी के पुर्जों की तरह मन से या बेमन से एक के बाद दूसरे काम में वह लगा रहता था; लेकिन मन उसका कहीं नहीं लगता था। सभी चीज़ों से वह उदासीन था। सभी चीज़ों को वह उपेक्षा की दृष्टि से देखता था।

• • •

तीन महीने की जड़ैया के बाद राजबली के शरीर में अभी थोड़ी-थोड़ी ताक़त आने ही लगी थी, कि गाँव में प्लेग ज़ोर से आ गया। हर साल लोग कहा करते थे,—"इसका बड़ा सख्त जीव है, प्लेग भी इस अभागे को नहीं पूछता।" प्लेग भी शायद राजबली को मृत्यु से बदतर उस जीवन से छुट्टी नहीं देना चाहता था। राजबली को इस बार पैर में गिल्टी निकल आई। हलका ज्वर भी था; लेकिन, दो-तीन दिन तक उसे अपना काम करते रहना पड़ा। फिर गुदड़ी ओढ़कर कोदो के पुआल पर वह पड़ रहा। उसे बुख़ार था; सिर में दर्द था; लेकिन उसे वह जी कड़ाकर सह लेता था। हाँ, प्यास के मारे पानी न मिलने पर वह तड़प जाता था। जड़ैया की तरह प्लेग में भी उसे अपने भाग्य पर छोड़ दिया गया था। दिन में एकाध बार कोई आकर उसके लोटे में पानी दे जाता। मौत ने भी उसके ऊपर दया दिखाई

और चौथे दिन उसका शरीर उसी गूदड़ी के नीचे ठंडा पड़ा मिला। उस वक्त वह मुश्किल से सोलह बरस का हो पाया था। लोगों ने ले जाकर उसे जला दिया; लेकिन उसके लिए किसी की आँखें न तर थीं और न किसी ने उसके लिए अफ़सोस ही किया।

८

रामगोपाल

(स्वार्थत्याग की मूर्त्ति)

उन दिनों युक्त-प्रान्त के एक बड़े शहर में एक छोटा-सा विद्यालय था। उसकी स्थापना धर्मप्रचारक तैयार करने के लिए हुई थी। लड़के दस-बारह से अधिक कभी नहीं हुए; जिनमें १६ से कम और २४ वर्ष से ज्यादा का कोई न था। लड़के प्रायः हिन्दी या उर्दू मिडिल तक पढ़े होते थे। प्रान्तों के खयाल से वे पंजाब और युक्त-प्रान्त, दो प्रान्तों के थे। नई जवानी थी। ऊपर से धर्मप्रचार की धुन थी। जैसे व्याख्यान सुनते थे और जैसी पुस्तकें उन्हें पढ़ने को मिलती थीं, वे सभी उनके हृदय में नई स्फूर्ति और नया जोश पैदा करती थीं। प्राचीन काल के बौद्ध भिक्षुओं की साहसपूर्ण यात्रायें इन युवकों के हृदयों में नया जीवन डालती थीं। यद्यपि वे भूमि पर थे, और एक खास समय और परिस्थिति से घिरे हुए थे, लेकिन उनके मन की उड़ान आसमान में बहुत दूर तक थी। उनका ज्ञान संकुचित था और कितना संकुचित था इसका भी उन्हें ज्ञान न था; तो भी उनके भविष्य के मनसूबे बहुत बड़े-बड़े थे। साथ रहने से, जैसे अक्सर होता है, इन लड़कों में भी अनबन हो जाती। किन्तु प्रायः वे मेल-जोल से रहते थे। पाठ्य पुस्तकें बहुत अधिक न थीं। हर एक विद्यार्थी को दो धार्मिक भाषायें पढ़नी पड़ती थीं; किन्तु उनके लिए पुस्तकें ५-६ से अधिक न थीं। उन्हें व्याख्यान और बहस करने के लिए अधिक समय देना पड़ता था।

बातचीत और गप्प के लिए भी इतना समय था, कि लड़कों का मन बराबर लगा रहता था। वस्तुतः उन्हें विद्यालय के दो वर्ष का समय जाते मालूम न होता था।

एक ही पाठ्य विषय और एक ही लक्ष्य होने पर भी वे अपनी-अपनी प्रकृति के अनुसार दो-तीन टुकड़ियों में बँटे हुए थे। विवाद और प्रतिद्वन्दिता के लिए नहीं, बल्कि एक दूसरे के सामने अपने मन के भावों को खोलकर रख देने के लिए। सौभाग्य से वह संस्था एक ऐसे धार्मिक सम्प्रदाय से सम्बद्ध थी जो कुछ हद तक विद्यार्थियों को स्वतन्त्रतापूर्वक सोचने का मौक़ा देता था। उस समय विद्यार्थी पवित्र से पवित्र, कोमल से कोमल सामाजिक धारणाओं पर भी निर्मम और निस्सङ्कोच भाव से आलोचना करते थे। घंटों वे अपने जागृति जगत् को छोड़ स्वप्न जगत् में चले जाते थे। शेखचिल्ली की भाँति वे बड़े-बड़े अपने ख़याली महल खड़े करते थे।

महायुद्ध का आरम्भ था। भारत में राष्ट्रीयता का वेग तीव्र हो चला था और इसका प्रभाव उस छोटे-से विद्यालय के अल्प शिक्षित विद्यार्थियों पर भी पड़े बिना नहीं रह सकता था। उनमें से अधिकांश को एक तरह से राष्ट्रीय भाव का क-ख यहीं आरम्भ करना पड़ा था। क्रान्तिकारी दल और कांग्रेस दोनों का नाम उनके लिए पहले तो कुतूहल का कारण था किन्तु पीछे उनके सम्बन्ध की अधकचरी बातें भी पास तक पहुँचने लगीं। एक-आध को छोड़ बाकी सभी विद्यार्थी अँगरेज़ी भाषा के ज्ञान से वञ्चित थे; और हिन्दी-उर्दू में राष्ट्रीय-विषय की पुस्तकें उस समय तक बहुत कम लिखी गई थीं। जो लिखी भी गई थीं उनमें से भी कितनी ही सरकार ने जब्त कर ली थीं। ज़ब्त होने पर भी पुस्तकें कहीं न कहीं से पढ़ने के लिए मिल जाती थीं। देश के लिए प्राण देनेवाले शहीदों की जीवनियाँ अधिकतर मौखिक ही सुनने को मिलती थीं। इन सारी बातों का उन विद्यार्थियों पर बहुत असर पड़ा।

यद्यपि वह असर सबके लिए स्थायी सिद्ध नहीं हुआ, किन्तु कुछ के जीवन में उसने स्थायी परिवर्त्तन ज़रूर किया।

रामगोपाल उसी विद्यालय के एक विद्यार्थी थे। उस वक्त (१९१५) उनकी आयु २३-२४ के करीब होगी। क़द में वे नाटे थे, लेकिन बदन गठीला था। जिमनास्टिक की सारी कसरतें वे अच्छी तरह कर लेते थे। बुद्धि में न वे बहुत तीव्र थे और न बहुत मन्द। किन्तु वे मिहनती थे। प्रयाग में वे नार्मल पढ़ने के लिए गये थे वहीं उन्हें आर्य-समाज का व्याख्यान सुनने का मौक़ा मिला। उस समय आर्य-समाज का मंच राष्ट्रीयता के प्रचार का भी एक प्रधान साधन बना हुआ था। उसने रामगोपाल के दिल में भी आदर्शवाद का बीज बो दिया। उसके कारण रामगोपाल का मन अध्यापकी से हट गया। उनके मन में देश और धर्म की सेवा करने की इच्छा थी। विवाहित होने पर भी वे अपने को आज़ाद रखना चाहते थे; लेकिन वे अनुभव करते थे कि अपने लक्ष्य तक पहुँचने के लिए उन्हें अभी कुछ और पढ़ना चाहिए। नार्मल पास करने के बाद पता पाकर वे उक्त विद्यालय में चले गये। दो भाषाओं के अतिरिक्त व्याख्यान और बहस के ढंग को सीखना उनका भी पाठ्य विषय रहा। धीरे-धीरे वे अच्छा व्याख्यान देने लगे। व्याख्यान के वक्त उनके स्वर में विषय के अनुसार उतार-चढ़ाव आ जाता था। पहले से सोच लेने पर उनका व्याख्यान काफी प्रभावशाली होता था। बहस में उनकी योग्यता साधारण थी। साथियों के साथ बोलने में उन्हें सङ्कोच न था और सभा में भी वे निधड़क बोल सकते थे; लेकिन अपरिचित व्यक्तियों के सामने वे कम बोलते थे। अपने दूसरे साथियों की तरह रामगोपाल भी रात-दिन भविष्य का स्वप्न देखा करते थे। उन्हीं की तरह वे भी देश और धर्म की सेवा के लिए अपना जीवन अर्पण करना चाहते थे। सभी विद्यार्थी भले प्रकार जानते थे कि दो साल के लिए वन-वन के पक्षी एकत्रित हुए हैं; उसके बाद सभी भिन्न-

भिन्न दिशाओं में उड़ जायेंगे; लेकिन सभी के लक्ष्य, सभी के स्वप्न समान होने से उनमें एक स्थायी बन्धुत्व स्थापित हो गया था।

* * *

दो साल का कोर्स समाप्त हो गया। रामगोपाल को अपने कार्यक्षेत्र में अवतीर्ण होने का समय आया। वे विवाहित थे और अपने को स्वतन्त्र करने के लिए उन्होंने यही सोचा था कि स्त्री को कुछ शिक्षा देकर अपने पाँवों पर खड़ा कर दिया जाय। इसीलिए वे अपनी स्वतन्त्रता का ख्याल कुछ देर के लिए भूल जाने को तैयार हुए लेकिन इसके लिए वे अवैतनिक काम न कर सकते थे। उन्होंने एक ज़िले की संस्था के अधीन प्रचारक का काम स्वीकार कर लिया। उनकी सादगी, उनकी लगन और व्याख्यान की निपुणता से लोग बड़े प्रभावित हुए। रामगोपाल की स्त्री अपने बाप के घर रहती थी। उसके बाप और भाई दोनों अध्यापक थे। रामगोपाल के कहने पर पहले से ही बाप ने लड़की को पढ़ाना शुरू कर दिया था।

रामगोपाल के विद्यालय की दुनिया एक तरह से स्वप्न की दुनिया थी; किन्तु अब वे ठोस और जाग्रत दुनिया में उतरे थे। वहाँ वे समझ रहे थे कि एक मनुष्य को दूसरे का स्वामी बनने का अधिकार नहीं है, लेकिन यहाँ वे देख रहे थे कि जिसके पास रुपया है या जो जाति या पद के कारण ऊँचे स्थान पर बैठा हुआ है, वह चाहता है कि दूसरे उसके आज्ञाकारी बनें। बाहर से न प्रकट करते हुए भी मन में उसकी इच्छा यही रहती है, कि छोटे अदब सीखें। रामगोपाल निर्भीक थे। परिस्थिति के कारण कुछ दिनों के लिए उन्होंने इस बन्धन को स्वीकार किया था, लेकिन वे आत्महत्या के लिए तैयार न थे। वे खुद फ़तहपुर के कान्यकुब्ज ब्राह्मणों के घर में पैदा हुए थे, और लड़कपन सेउनकी शिक्षा-दीक्षा भी उसी संकीर्णता के वातावरण में हुई थी; तो भी प्रयाग के प्रवास और विशेषकर उक्त विद्यालय के दो वर्ष के जीवन से

उन्हें जात-पाँत के प्रति घोर विद्रोही बना दिया था। बरसों के विचार-विनिमय ने उन्हें निश्चय करा दिया था कि भारत के पतन का सबसे प्रधान कारण यही जात-पाँत है। वे अपनी संस्था के अधिकारियों को देखते थे कि वे सभा-मंच पर तो चिल्ला-चिल्लाकर जिन बातों का खंडन करते हैं, दूसरे समय आँख मूँदकर उन्हीं बातों को करते हैं। मामूली-मामूली रूढ़ियों को भी तोड़ने की उनमें हिम्मत नहीं। उनके दिल में इसके लिए क्षोभ होता था। जवाब देकर हर एक आदमी से झगड़ा मोल लेना उनके स्वभाव में न था; किन्तु इस प्रकार के सभी सुधारक नेता उनकी दृष्टि में गिरे हुए थे। वे उनके साथ शिष्टाचार का उतना ही बर्ताव करते थे जितना एक सभ्य पुरुष के लिए ज़रूरी है। संस्था के अधिकारी समझते थे कि वे उनके वेतनभोगी नौकर हैं; इसलिए उनको उनके साथ मालिक-सा बर्ताव करना चाहिए। दोनों तरफ़ के ये मनोभाव उदासीनता तक ही पहुँचकर ठहर नहीं गये। संस्था के कुछ अधिकारी धीरे-धीरे उनसे जलने लगे। साधारण लोग रामगोपाल की लगन और काम की योग्यता को देखकर उनसे बहुत संतुष्ट थे। इसीलिए अधिकारी उन्हें निकालने में असमर्थ थे, किन्तु वे इसके लिए मौक़ा ताक रहे थे।

* * *

रामगोपाल को वहाँ रहते दो वर्ष हो गये थे। इस बीच में उनकी बहुत-से लोगों से घनिष्ठता हो गई थी। संस्था के प्रधान ने एक अनाथ लड़के को पाल रक्खा था। वे उसे बेटे की तरह मानते थे। रामगोपाल भी उस पर प्रेम करते थे और वह उनके घर पर आया-जाया करता था। घरवालों की नाराज़ी या झिड़की पर वह कभी-कभी एक आध दिन रामगोपाल के यहाँ ही रह जाता था। लड़का एक दिन सन्दूक से मालकिन का सारा ज़ेवर लेकर रामगोपाल के घर पर चला आया। रामगोपाल को इसका क्या पता? उन्होंने पहले की तरह उसे फिर

घर में रहने दिया। लड़के ने ज़ेवर रामगोपाल के एक बक्स में रख दिया। प्रधान को मालूम ही था, कि लड़का रामगोपाल के घर गया होगा—और ज़ेवर की चोरी सुनने पर; उसे भी वहीं ले गया होगा, इसका भी उन्हें विश्वास था। उन्होंने दो-चार और साथियों को चोरी की ख़बर दी और उन्हें लेकर रामगोपाल के घर पहुँचे। लड़के को धमकाया और सन्दूक से ज़ेवर निकल आया। लोगों ने समझा रामगोपाल ने ही चोरी करवाई।

रामगोपाल को ऐसी आशा न थी। वे आत्मसम्मान को सबसे बड़ी चीज़ समझते थे। वे ऐसी स्थिति में डाल दिये गये थे, जहाँ कोई सफ़ाई न पेश कर सकते थे और न लोग उसे मानने को तैयार थे। रामगोपाल धनी भी न थे, इसलिए भी चोरी का इल्ज़ाम उन पर आसानी से लग सकता था। वे सच्चे थे, इसे वे ख़ूब समझते थे; लेकिन वे तो देखते थे दुनिया उन्हें क्या समझ रही है। कई बार दिल में प्राण दे देने की इच्छा पैदा हुई। संसार से उन्हें ग्लानि हो गई। वे समझते थे कि इस काले धब्बे के बाद उनकी आदर्शवादिता के लिए स्थान नहीं रह गया। कौन उन पर विश्वास करेगा? मन की सचाई का यही फल हुआ कि वे सहसा आत्मघात करने पर तैयार न हुए। उन्होंने अपने एक घनिष्ठ मित्र को सारा विवरण लिख भेजा और यह भी प्रकट कर दिया कि वे जीवन से निराश हैं। मित्र, रामगोपाल को अच्छी तरह जानता था। वह यह भी जानता था कि एक बार चूक जाने पर भी सुधरने का अधिकार आदमी के हाथ से हमेशा के लिए छिन नहीं जाता है; और यहाँ तो वे बिलकुल निरपराध थे। उसने स्पष्ट और निस्संकोच भाव से उन्हें यह सब समझाकर लिखा और अपने पास लाहौर बुला लिया। उस घटना का रामगोपाल पर कितना असर पड़ा यह इसी से मालूम होता है कि वे अपने उक्त मित्र की इस साधारण सान्त्वना के लिए उसे वे जीवनदान देनेवाला समझते थे। लाहौर

में अपनी जीविका के लिए कुछ ट्यूशन का प्रबन्ध उन्होंने कर लिया। किन्तु अभी वे समझते थे कि हम अपने आदर्श के योग्य नहीं रहे। लेकिन समय भी ऐसी परिस्थिति में बड़ा हितैषी सिद्ध होता है। छः महीने बीतते बीतते उनके दिल के सारे घाव भर गये। और फिर वही पुराने विचार उनके सामने उपस्थित हुए। तो भी रामगोपाल ने व्याख्यान का काम छोड़ दिया। उनकी इच्छा थी अपने को कुछ और तैयार करने की। जिमनास्टिक की कसरत वे जानते ही थे; लेकिन किसी स्कूल या कालेज में काम करने के लिए उन्हें सार्टिफिकेट की आवश्यकता थी। थोड़े दिनों में उन्होंने यह भी प्राप्त कर लिया। लाहौर में उनकी एक मित्र-मंडली बन गई और धीरे-धीरे कितने और लोगों ने उनके गुणों को समझा। उसी वक्त बालक क़ैदियों (बोरस्टल) के जेल में एक अध्यापक की आवश्यकता हुई। रामगोपाल उस स्थान पर नियुक्त कर लिये गये।

रामगोपाल के एक-दो आदर्शवादी मित्र उस समय लाहौर में शिक्षा पा रहे थे। आदर्शवाद और दरिद्रता का चोलीदामन का संबंध है। यही बात उनके दोस्तों के बारे में भी थी। यद्यपि उनके दोस्त नहीं चाहते थे; लेकिन रामगोपाल कब माननेवाले थे। जेल में पढ़ाने के अतिरिक्त जो समय बचता, उसमें भी उन्होंने दो ट्यूशन पकड़ रक्खे थे। अपने शरीर पर कम से कम खर्च कर वे अपने मित्रों की सहायता करते थे। वर्षों वे ऐसा करते रहे। उनकी स्त्री, बाप के यहाँ जितना पढ़ा जा सकता था, उतना पढ़ चुकी थीं और उन्हें और पढ़ाने की आवश्यकता थी। रामगोपाल इसे अपना कर्त्तव्य समझते थे। लेकिन कहने पर कह देते थे—"क्या मेरे परिश्रम का वहाँ इतना फल हो सकता है, जितना कि अपने आदर्शवादी मित्रों की सहायता करने में?" उन्होंने तब तक अपनी स्त्री को पास न बुलाया, जब तक उनके मित्रों को उनकी सहायता अपेक्षित रही।

दूसरों को कष्ट के वक्त सहायता देने में और दूसरे के लिए कष्ट सहने में उन्हें आनन्द मालूम होता था। मृत्यु उनके लिए भय की चीज़ न थी। भयंकर प्लेग के बीमारों की सेवा करने में भी उन्हें ज़रा भी डर नहीं मालूम होता था। बीमार के पास रात-रात बैठे रहने में उनके चित्त में गर्व होता था। अभिमान तो उन्हें छू नहीं गया था। साथ ही वे दूसरे के अभिमान को पसन्द भी न करते थे; लेकिन अपने इस भाव को वे वचन या कर्म-द्वारा न प्रकटकर सिर्फ़ अलग रहकर ज़ाहिर करते थे। बराबरवालों की तो बात ही क्या अपने से बहुत छोटी स्थितिवाले लोगों में मिलकर वे अपने को भुला देते थे।

वे अपने वर्त्तमान से संतुष्ट न थे। उनकी सबसे बड़ी इच्छा थी, सेवा के लिए कुछ और साधन-सम्पन्न होने की। धनी होने के लिए उनको चाह न थी। वे अपनी ग़रीबी से संतुष्ट थे। किन्तु वे चाहते थे कि कुछ और पढ़ लें। उनका ध्यान प्रवासी भारतयों की सेवा की तरफ़ था। वे अपने साथ-साथ पत्नी को भी इसके लिए तैयार कर रहे थे। वे अपने मित्रों को इसके बारे में बराबर लिखा करते थे। धीरे-धीरे हो रही अपनी प्रगति को देखकर वे यह भी समझने लगे थे कि स्वप्न को सामने आने में अब बहुत दिनों की देर नहीं है। अपने काम के लिए वे संस्कृत काफ़ी जानते थे। अँगरेज़ी भी काम चलाऊ हो गई थी। पत्नी की शिक्षा में भी उन्हें काफ़ी सफलता मिली थी।

१९१९ का अप्रैल आया। रौलट कानून को लेकर सारे राष्ट्र में जैसा विद्रोह फैला उसमें पंजाब भी अछूता न लचा। छः अप्रैल को एक गिलास और एक प्याऊ पर हिन्दू-मुसलमानों को पानी पीते देख लोग दंग रह गये। थोड़े समय के लिए राष्ट्र ने धर्म और सम्प्रदाय का भेद भुला दिया। रामगोपाल भी इसे देख रहे थे। कुछ ही दिनों बाद जलियानवालाबाग़-कांड हुआ, जिससे हिन्दुस्तान का कोना-कोना थर्रा उठा। लाहौर तो बिलकुल पास में था। उसकी हालत के लिए क्या

कहना ! बाद में तो खुद लाहौर भी मार्शल ला का शिकार हुआ। रामगोपाल अनाथालय के उस तरुण मुंशीराम को अच्छी तरह जानते थे, जिसने सारी गोलियाँ अपनी छाती पर सही थीं। उसकी मृत्यु के बाद परीक्षा का परिणाम निकला। मालूम हुआ वह शास्त्री पास हो गया। मुंशी की वीरगति का वर्णन करते-करते रामगोपाल गद्गद् हो जाते थे। उनकी आँखों से आँसू निकलने लगते, लेकिन वह शोक के कारण नहीं। उनको ऐसी वीर-मृत्यु पर ईर्ष्या होती थी।

समय और बीता और महात्मा गाँधी का असहयोग आया। रामगोपाल के लिए परीक्षा का समय था। अन्य नौजवानों की तरह देश की स्वतन्त्रता के इस महान् संग्राम में वे कूद पड़ने को तैयार थे लेकिन उन्होंने अपने लिए एक लक्ष्य सालों पहले से बना रक्खा था। मित्रों को भी समझाने की आवश्यकता पड़ी—देश के भीतर असहयोग के लिए आदमियों की कमी नहीं हो सकती; लेकिन विदेश में जाकर भारतीयों की सेवा करने के लिए आदमियों का मिलना आसान नहीं। कुछ महीनों तक उनकी अवस्था डाँवाडोल रही, लेकिन फिर सँभल गये।

* * *

उनका मित्र दो साल के लिए जेल में था। जेल में भी पत्र-व्यवहार जारी था। यद्यपि उस पत्र-व्यवहार में खुलकर वे अपने आदर्शों के सम्बन्ध में लिख न सकते थे; लेकिन उनके मित्र को पत्रों से यह मालूम हो गया था कि रामगोपाल अब अपने कार्यक्षेत्र में जाना चाहते हैं। मित्र ने जेल से छूटने पर बड़े उत्साहपूर्ण शब्दों में उनको इसके लिए साधुवाद दिया और उधर से भी वे ऐसे ही उत्साहवर्धक पत्र की प्रतीक्षा करते थे। इसी समय उसे अपनी ही चिट्ठी लौटकर मिली। पत्र के ऊपर एक कोने में लिखा हुआ था—"रामगोपालजी अब इस संसार में नहीं रहे।"

घंटों नहीं दिनों उसे इन अक्षरों पर विश्वास नहीं होता था। भीतरी चाह मनवाना चाहती थी कि यह ग़लत है। महीनों बाद दोनों के सम्मिलित मित्र से पता लगा, कि बात ठीक है। सम्मिलित मित्र उस समय वहीं थे, जब कि रामगोपाल प्लेग से बीमार हुए! उनके दो बच्चे उसी बीमारी में मर गये और पीछे वे भी अपने अरमानों को हमेशा के लिए दबाकर चल बसे। मित्र को यही अफसोस रहा कि दूसरे मित्र की तरह अन्त समय वह अपने मित्र की सेवा न कर सका, ऐसे मित्र की सेवा, जो उसे संसार में सबसे बढ़कर अपना स्नेहभाजन समझता था।

९

घुरबिन

(वञ्चित नेतृत्व)

"पाँड़े जी पालगी।"

"क्यों बे ज़बान सँभाल के नहीं बोलता?"

"पाँड़े जी, नाराज़ मत होइए। आप ब्राह्मण हैं, इसलिए पा-लागी करता हूँ।"

"क्या हमको पा-लगी की जाती है?"

"सलाम करना होता तो मुझे आपसे बोलने की भी ज़रूरत न थी।"

"जा हट जा सामने से।"

"अच्छा तो देखिएगा" घुरबिन ने जवाब दिया।

लेखूपुर के पांड़े, मेंहनगर के राज-वंश के गुरु थे। मुसलमानी ज़माने में मेंहनगर का कोई राजपूत मुसलमान होकर हिजड़ा बन गया था। धीरे-धीरे दिल्ली में वह बादशाह का ख्वाजा-सरा (अन्तःपुर का प्रधान अधिकारी हिंजड़ा) बन गया। बादशाह ने खुश होकर हिंजड़े को कुछ देना चाहा, और इस प्रकार उसके भाई को मेंहनगर के आस-

पास का राज्य मिल गया। (ये लोग उस समय हिन्दू थे पीछे मुसलमान हो गये)। शेखू पुर के पाँड़े, उनके पुरोहित थे। मुसलमानी संपर्क में आने से पाँड़े के खानदान को भी सलाम करने की प्रथा चल पड़ी और घुरबिन ने दरअसल जगलाल पाँड़े को चिढ़ाने ही के लिए पा-लगी की थी। घुरबिन तीस-पैंतीस बरस का सुन्दर छरहरा नौजवान था। भारत में पीछे से आई अहीर (आभीर) जाति के होने से उसकी मुखमुद्रा आर्य थी। ६ फुट का लम्बा शरीर आग की तरह दहकता गोरा रङ्ग और मूछों तक के भूरे बाल इसके साक्षी थे। पतला होते हुए भी उसका शरीर बहुत बलिष्ठ और फुर्तीला था। दौड़ने में उसकी ख्याति थी कि वह घोड़े को पकड़ सकता है। लाठी चलाने में इतना होशियार था कि अकेले ही पचास लट्ठधारियों को भगा सकता था।

घुरबिन उन आदमियों में था जिनकी बात मानने के लिए लोग स्वेच्छापूर्वक तैयार हो जाते हैं। खर्च-वर्च में वह उदार था। अपने साथियों के दुख-सुख को अपना दुख-सुख माननेवाला था और उनके लिए अपना सर्वस्व देने के लिए तैयार रहता था। भय तो उसे छू तक नहीं गया था। इस प्रकार सब तरह से घुरबिन में एक स्वाभाविक नेता के सभी गुण मौजूद थे। यदि वह अपने समय से कुछ शताब्दियाँ पूर्व पैदा हुआ होता तो अपने बाहुबल, पराक्रम और नेतृत्व से एक छोटा मोटा राज्य स्थापित करने में सफल होता। लेकिन उन्नीसवीं शताब्दी के उत्तरार्द्ध में —जब की हम बात कह रहे हैं—भारत में अँगरेज़ों की राजशक्ति मज़बूत हो चुकी थी। बड़े पैमाने पर किसी को कुछ करना सम्भव नहीं था। घुरबिन की स्वभाविक योग्यता के अनुसार काम करने का और कोई अवसर न था। खुल्लमखुल्ला सरकारी शक्ति और उसके कानून का विरोध करना उसकी सामर्थ्य के बाहर था। उसके पास बीस-तीस भैंसे थीं, कुछ गायें थीं, कुछ धान तथा जौ-गेहूँ के खेत भी थे; और यह उसके दस-बारह आदमियों के परिवार के गुजारे के लिए

काफी था। लेकिन घुरबिन ने तो अपने गुणों से राह चलतों को भी आकृष्ट कर रक्खा था। उसके मित्रों और अनुयायियों की संख्या भी बढ़ थी रही। इस प्रकार मित्रों की सहायता जहाँ उसे कानून को अपने हाथ में लेने को मजबूर करती थी, वहाँ उसका बढ़ता हुआ खर्च भी कोई नया रास्ता चाहता था। घुरबिन को नया जीवन स्वीकार करने पर बाध्य होना पड़ा। वह एक नौजवानों के दल का स्वनिर्वाचित नेता बन गया। यह दल चोरी करता था लेकिन कितनी ही बार वह अपने को डाकू के रूप में बदल देता था। घुरबिन ने अपने अनुयायियों के लिए कड़े नियम बना रक्खे थे—गरीब को नहीं सताना, विधवा और अनाथ को नहीं लूटना—यह उसका कड़ा आदेश था। इसे उसके अनुयायियों को हर हालत में पालन करना पड़ता था। वह अपनी अवैध आमदनी से समय-समय पर गरीबों की सहायता करता था। पुलिस की उस पर कड़ी निगाह थी और कई बार दारोगा उसे पकड़ने के लिये आये; लेकिन वह उनके हाथ में न आता था। कितने ही दारोगा को उसने पीटा था और कितनों की घोड़ी छीनकर पैदल जाने पर मजबूर किया था। चोर होते हुए भी अपने त्याग, साहस और निर्भीकता के कारण घुरबिन की ख्याति चारों ओर हो गई थी। गाँव से दस-दस बीस-बीस कोस तक कोई ऐसा न होगा जो इस अनोखे चोर को न जानता हो।

शेखूपुर के जगलाल पाँड़े की बड़ी धाक थी। उनके पास काफी ज़मीन्दारी थी। और वे अपने ज़िले के धनी-मानी आदमियों में गिने जाते थे। सब लोग मेरा रोब मानते हैं इसका भी उन्हें अभिमान था। घुरबिन का घर शेखूपुर से तीन-चार मील दूर था। वह शेखूपुर की ज़मीन्दारी में भी न बसता था। क्या कारण था जो घुरबिन ने उस दिन जान बूझकर पाँड़े जी को चिढ़ाना चाहा ? हो सकता है उसे पाँड़े जी के रोब की ख्याति से ईर्ष्या हो गई हो। अथवा रोबदाब रखने के लिए पास-पड़ोस के निर्बलों पर पाँड़े जी जो अत्याचार कर डालते थे,

उससे घुरबिन को प्रेरणा मिली हो। ब्राह्मण के लिए सलाम, यद्यपि अजीब-सी बात थी; लेकिन घुरबिन को धर्मशास्त्र से क्या मतलब ! उसके लिए तो काला अक्षर भैंस बराबर। हाँ, लोकरूढ़ि से वह भी समझ सकता था कि यह अनुचित है; लेकिन इस अनौचित्य का अपराध अगर किसी पर था तो जगमल पाँड़े के पुरखों पर।

* * *

"क्यों मँगरू, देख आये ?"

"हाँ भैया घुरबिन, देख लिया। गोसार के पीछे की दीवार कच्ची है। इसी को काट कर बैलों को निकाल लायेंगे।"

"नहीं ऐसा नहीं करना होगा। दरवाज़े से लाना होगा।"

"दरवाज़े की तरफ़ तो पाँड़े जी और उनके नौकर-चाकर सोये हुए हैं।"

"उन्हीं को तो दिखाना चाहते हैं कि घुरबिन क्या कर सकता है। मैं और सोमारू दोनों जने उनके पास खड़े होते हैं और तुम लोग बैलों को निकाल ले जाओ।"

"अच्छा" कहकर मँगरू और उसके साथी अपने काम में लगे और सोमारू के साथ घुरबिन उस जगह गया, जहाँ जेठ की गरमी के कारण पाँड़े जी और उनके नौकर आसमान के नीचे सोये हुए थे। घुरबिन और सोमारू अपनी लम्बी लाठी टेककर सामने खड़े हो गये। आधी रात बीत चुकी थी। लोग बेखबर सोये हुए थे। तो भी यह संभव नहीं कि जिस आध-पौन घंटे में घुरबिन के साथी एक दर्जन बैलों को पकड़-कर ले जा रहे थे; उस वक्त उनकी आवाज़ से सोनेवालों में से किसी की नींद न खुली हो। संभव है नौकरों में से किसी की आँख खुली भी हो। उन्होंने सामने पाँच हाथ का लट्ठ लिये दो बिकराल यमदूतों को देखा हो और उनकी आँखें फिर ढँप गई हों। कुछ भी हो इसमें तो शक नहीं कि उनमें से किसी ने उस वक्त करवट तक न बदली।

साथियों के निकल जाने पर घुरबिन ने कुछ ऊँची आवाज़ से कहा—"पाँड़े जी!" पाँड़े जी अब भी चुप थे। उसने फिर ऊँचे स्वर में 'पाँड़े जी' कहा। फिर पाँड़े जी को जगा देखकर बोला—'पाँड़े जी पा-लगी। आपके बारहों बैल चले जा रहे हैं। हिम्मत हो लौटा लीजिए।"

× × ×

जगलाल पाँड़े की आसपास में बड़ी धाक थी। लोगों का कहना था उनके सामने तिनका जल उठता है। लेकिन घुरबिन ने उनकी सारी शान मिट्टी में मिला दी। वह सामने से उनके बारहों बैलों को पकड़ ले गया। यही नहीं कि पाँड़े जी के कीमती बैल चोरी चले गये; बल्कि आषाढ़ महीना सिर पर था और खेती के लिए उनकी बड़ी आवश्यकता थी। वे जानते थे कि बैल घुरबिन ले गया है। उन्होंने दूसरों से घुरबिन के पास सन्देश भिजवाया। घुरबिन ने उत्तर दिया—"बैल लौटाये जा सकते हैं लेकिन एक शर्त्त पर; मैं 'पालगी' कहूँ और पाँड़े जी 'जै हो' कहें।"

अन्त में पाँडे जी को 'जै हो' कहना ही पड़ा।

१०

दलसिंगार

(कली फूटने भी न पाई)

दोनों की एक ही उम्र थी, लेकिन रिश्ते में एक था नाना और दूसरा नाती। दोनों में बड़ा प्रेम था। ऐसा प्रेम कि दोनों के घरवालों का जब आपस में बोलना-चालना बन्द रहता था, तब भी उसका इन दोनों के सम्बन्ध पर कोई असर न होता था। यद्यपि दोनों अभी ६ ही सात वर्ष की उम्र के थे, लेकिन तो भी दलसिंगार नाना से, उसका नाती क़द में कुछ लम्बा मालूम होता था। दोनों के घर गाँव के दो टोलों में थे, और जिस स्कूल में वे पढ़ने जाते थे, वह गाँव से एक मील पर था। स्कूल के लिये रवाना होने से पहले एक दूसरे को लिवाने के लिए घर पर जाना पड़ता था। उस उम्र में भी समझने की शक्ति रखते थे कि दोनों घरों में मनमुटाव होने पर कैसे तिर्छी आँखों से घरवाले उनकी ओर देखते हैं; लेकिन एक-दूसरे की मुहब्बत के कारण उसे वे अन-देखी कर देते थे। सवेरे का नाश्ता कर छः ही बजे वे निकल जाते थे। दोपहर को दोनों साथ खाने के लिए घर लौटते थे और दोपहर बाद फिर स्कूल चले जाते थे। दिन भर में चार मील का आना-जाना उनके लिए कोई बात न थी।

उस लड़कपन की दुनिया में भी उनके पास बातचीत के लिए काफ़ी मसाला था। उनके पास न उतना ज्ञान था और न किताबें और न अध्यापक ही उन्हें वे बातें बतला सकते थे, जिनसे कि वे किसी दूर की बात पर सोच सकते। दोनों उर्दू पढ़ते थे और उनके कान में यह

भनक ज़रूर पड़ गई थी कि उर्दू पढ़नेवालों को सरकारी नौकरी जल्दी मिल जाती है।

पढ़ने-लिखने में दोनों ही उतने मिहनती न थे और उतनी मिहनत की आवश्यकता भी न थी, क्योंकि उनकी स्मृति इतनी अच्छी थी कि स्कूल की जो दो-एक पाठ्य पुस्तकें थीं वे एक बार फिर से देखने ही से याद हो जाती थीं। सभी लड़कों की तरह उनको भी खेलने का बहुत शौक था; लेकिन घरवालों के सामने होते ही उनकी आज़ादी छिन जाती थी। घर के लोग समझते थे कि खेलने से लड़के खराब हो जाते हैं और कूद-फाँद में हाथ-पैर टूटने का डर रहता है। गाँव में पहुँचने के बाद लड़कों के खेल में शामिल होना उनके लिए मुश्किल ज़रूर कर दिया गया था; लेकिन इसका मतलब यह नहीं कि वे ऐसे खेलों में कभी शामिल ही नहीं हुए। एक बार दलसिंगार और उसका साथी दूसरे लड़कों के साथ कबड्डी खेल रहे थे। दल बाँधते वक्त दोनों एक दूसरे के विरोधी दल में चुन लिये गये। दलसिंगार कबड्डी पढ़ाते आया। उसके साथी ने उसे पकड़ना चाहा। धरपकड़ में साथी के हाथ का चाँदी का कड़ा दलसिंगार के एक दाँत में इतने ज़ोर से लगा कि उसका एक कोना टूटकर निकल गया। ख़ैरियत हुई कि वह होंठ और दूसरी किसी जगह नहीं लगा। दलसिंगार के दूध के दाँत टूट चुके थे; इसलिए उसे अपने दोस्त की ओर से यह एक चिरस्थायी चिह्न मिला।

स्कूल प्रायमरी का था। वहाँ घड़ी भी न थी और न समय जानने का कोई साधन ही था। कभी-कभी छुट्टी कुछ सबेरे हो जाती थी और इसके लिए दोनों मित्रों को अच्छा रास्ता एक सहपाठी ने बतलाया था। उसका कहना था कि भौंह का एक बाल नोच कर कागज़ में लपेटकर यदि धूप में डाल दिया जाय तो दिन जल्दी कट जाता है। दोनों मित्रों के रोज़ दो चार भौं के बाल ज़रूर इस काम के लिए खर्च होते थे; और

इसका फल भी उनकी इच्छा के अनुकूल होता था। अपने घर तो वे नित्य की तरह सूर्यास्त ही को पहुँचते थे; लेकिन बीच के समय को रास्ते में, गिल्ली-डंडा या किसी दूसरे खेल में बिता देते थे।

बचपन के दिन मधुर होते हैं और साथ ही बहुत लम्बे भी होते हैं।

* * *

दोनों मित्रों को स्कूल जाते दो वर्ष हो गये। आषाढ़ का दिन था, लेकिन वर्षा अभी शुरू नहीं हुई थी। स्कूल के अध्यापक को फूलों का बहुत शौक था। उस दिन सबेरे लड़कों के बैठने के टाट पीटकर साफ़ किये गये फ़र्श को अच्छी तरह झाड़ा गया। स्कूल का हाता साफ़ किया गया और अन्त में गेंदे के छोटे-छोटे पौधों को पाँतो से स्कूल के हाते में लगाया गया। सारा दिन लड़कों का इन्हीं कामों में खर्च हुआ। शाम को आसमान में बादल दिखाई देने लगे। छुट्टी रोज़ से कुछ पहले हुई, लेकिन दलसिंगार और उसके साथी को इस सबेरे की छुट्टी से प्रसन्नता न हुई। दोपहर बाद दलसिंगार ने दो-तीन बार क़ै की। उसकी आँखें लाल थीं। साथी बदन छूकर साफ देख रहा था कि वह जल रहा है। दलसिंगार दोपहर बाद से स्कूल के काम में भाग नहीं ले सका। वह एक जगह बैठा रहा। घर चलते वक्त साथी ने देखा कि दलसिंगार को चलने में तकलीफ़ हो रही है। दस-बीस बार थोड़ी-थोड़ी दूर पर बैठते वह स्कूल की ओझल में चले आये; लेकिन अब दलसिंगार के लिए एक कदम भी आगे चलना मुश्किल था। उस वक्त रास्ते में भी कोई चलनेवाला आदमी नहीं था। मिलने पर भी वह उससे सहायता की प्रार्थना करते इसमें सन्देह था। साथी ने दलसिंगार को अपनी पीठ पर चढ़ने के लिए कहा; लेकिन वह उसे लेकर दस कदम भी नहीं चल सकता था। उसने पीठ चढ़ने का खेल शायद कभी खेल न पाया था और उसे बोझ ढोने का अभ्यास भी न था। थोड़ी दूर पर दोनों मित्र बैठ

जाते। दलसिंगार कहता कि उसका पैर फट रहा है। उसका साथी बैठकर पैरों को दबाता। दलसिंगार की लाल आँखों को देखकर साथी के मन में भय का संचार होता था। पैर की पीड़ा से दलसिंगार की आँखें आँसू से भर जाती थीं। इस पर साथी भी अपने आँसुओं को न रोक सकता था। दो-चार बार के और प्रयत्न करने पर जब दलसिंगार की पीड़ा अधिक बढ़ जाती और वह रोने लगता तो साथी भी उसमें शामिल हो जाता। फिर दस-पन्द्रह मिनट दोनों रोकर बिताते। आसमान में बादल था। सूरज के न दिखाई देने से उन्हें यह न मालूम था कि दिन कितना है। रात पड़ने के डर से एक बार फिर दोनों हिम्मत करते। साथी दलसिंगार को फिर अपनी पीठ पर चढ़ाता और आठ-दस कदम पर पहुँचकर गिर पड़ता था। फिर पन्द्रह मिनट तक सान्त्वना के दो-चार शब्द, पैरों का दाबना, और रोना शुरू होता था। थोड़ी देर में जब रात की ओर खयाल जाता, तो फिर चलने के लिए वैसी ही हिम्मत करते। स्कूल से उनका घर एक मील रहा होगा; लेकिन मालूम नहीं कितनी सौ बार उन्होंने इस रास्ते को तय करने के लिए दिल कड़ा किया। घड़ियाँ नहीं, मालूम देता था, कई युग उनके इसमें बीत गये। आखिर किसी तरह दलसिंगार अपने साथी की पीठ पर शाम को घर पहुँचा। उस वक्त साथी की भी अवस्था दलसिंगार से अच्छी न थी।

गाँव में कुछ और लोगों को भी कै-दस्त हुए। देवी ने एक स्त्री के शरीर पर आकर कहा—"मैं तो अपना रास्ता पकड़ कर जा रही थी। यही दोनों लड़के मुझे यहाँ लाये। अब मैं खाली हाथ चुपचाप थोड़े ही जानेवाली हूँ।"

गाँव में कुहराम मच गया। दलसिंगार का साथी अपने नाना-नानी के यहाँ रहता था। नाना-नानी के एक ही लड़की थी, जिसके लड़के को वे बड़े लाड़प्यार से रक्खे हुए थे।

नानी ने कहा,—"हम लोग तो बूढ़े-बूढ़ी हैं, बच्चे को तो इस आग में नहीं रखना चाहिए।"

"अच्छा तो बच्चे को घर भेज देना चाहिए।" कह नाना ने उत्तर दिया।

दूसरे ही दिन दलसिंगार का साथी अपने पिता के घर भेज दिया गया।

*   *   *

देवी अपनी बात की सच्ची निकली। उस छोटे गाँव से भी उसने पन्द्रह आदमियों को लिया। दलसिंगार को उसने छोड़ दिया। ऐसा होना भी चाहिए था, क्योंकि गाँव पर पहुँचाने में दलसिंगार ही तो उसका वाहन बना था। कई दिनों तक दलसिंगार मृत्यु के मुख में पड़ा रहा। माँ ने भगवती के लिए शतचंडी के पाठ की मिन्नत माँगी। कुछ और छोटे-बड़े देवताओं के सामने भी गिड़गिड़ाया गया। इस प्रकार किसी तरह दलसिंगार के प्राण बचे।

दलसिंगार के साथी के खेद की सीमा न थी जब उसने देखा कि उसे अकेले ही स्कूल जाना पड़ रहा है। बीमारी को गये दो-तीन महीने हो गये थे। दलसिंगार का शरीर भी पहले जैसी हालत में था। पहले तो उसने समझा कि बीमारी से उठने के कारण दलसिंगार स्कूल नहीं भेजा जा रहा है। दोनों दोस्त रोज़ मिलते थे। रोज़ दलसिंगार को दूसरे दिन स्कूल चलने के लिए आग्रह होता था। किन्तु घरवालों की आज्ञा न मिलती थी। अपने मित्र की तरह दलसिंगार भी अधीर हो चला। बहुत आग्रह करने पर दलसिंगार की माँ ने कहा—"बेटा, हमारे घर में पढ़ना नहीं सहता। हमारे दो जेठ पढ़कर बड़े पंडित हुए। आज भी देखो पच्छिमवाले घर की चौकी पर उनकी पोथियों की ढेर लगी हुई है। दोनों को एक खाट पर लदकर जाना पड़ा। बचा, ज़िन्दगी रहेगी तो बहुत है। पढ़कर क्या करोगे?"

लड़के पर माँ का सबसे बड़ा हक है। दलसिंगार की स्कूल जाने की बहुत इच्छा थी, यद्यपि वह इच्छा विद्या के लिए उतनी न थी जितनी कि साथी के संग के लिए। घर के सयाने भी स्कूल जाने के उतने विरोधी न थे; लेकिन माँ जब जवानी में एक ही दिन मरे अपने दोनों जेठों के पढ़ने का उदाहरण देती; तो किसी को बोलने की हिम्मत न होती थी।

दलसिंगार का साथी अब रोज़ अकेले चार मील का रास्ता काटता था। रास्ते में उसके साथ बात करनेवाला, खेल में साथ देनेवाला कोई न था। कैसे सूने, कैसे नीरस वे दिन कटते थे, यह वही जानता था। दलसिंगार अब अपने घरवालों के छोटे-छोटे कामों में मदद देता था। दोनों मित्र अब भी हर दूसरे-तीसरे एक-दूसरे से मिलते थे। अब भी दोनों एक-दूसरे से अपना प्रेम पकट करते थे; लेकिन दोनों के रास्तों में अब अन्तर था। एक स्कूल के रास्ते पर प्रस्थान करता था तो दूसरा हसरत की निगाह से उसकी ओर देखता था।

दो बरस और बीत गये। साथी अब चौथे दर्जे का विद्यार्थी था। दलसिंगार यद्यपि इस सारे समय घर ही पर रहने के लिए मजबूर किया गया, तो भी उसके स्कूल जाने की इच्छा कम होने की जगह दिन पर दिन बढ़ती ही गई। कितनी ही बार उसने, बालकों के महान् अस्त्र रोने का प्रयोग किया। कितनी ही बार इसके लिए खाना छोड़ दिया, कितनी ही बार दूसरे वैध और अवैध तरीके इस्तेमाल किये। यद्यपि इसमें असफलता ही रही, तो भी उसने हिम्मत न हारी। घरवालों ने भी माँ को समझाना शुरू किया। दिन बीतते जाने से पुत्र की बीमारी की भयंकरता की स्मृति भी उसके मन से फीकी पड़ती गई। अन्त में दलसिंगार को फिर स्कूल जाने की अनुमति मिल गई।

दोनों साथी फिर साथ-साथ स्कूल जाने लगे। रास्ते में फिर पहले ही की तरह खेल और तमाशे में उनके दिन हँसी-खुशी में कटने लगे।

लेकिन उनके दिल में सुई-भी चुभने लगती थी जब वे देखते थे कि उनकी कक्षाओं में दो साल का अन्तर आ गया है। अब दोनों एक ही जगह टाट पर अगल-बगल नहीं बैठ सकते थे। एक चौथे दर्जे में था, दूसरा दूसरे दर्जे में। अब दोनों एक साथ अपने भौंहों के बालों को धूप में नहीं डाल सकते थे। इसलिए दिन भी जल्दी नहीं कटता था। तो भी उनके मन में इतना सन्तोष था, कि घर से स्कूल तक दोनों एक साथ रह सकते हैं।

* * *

आखिर वही हुआ जिसका कि दलसिंगार की माँ को डर था। अब की रास्ता चलते कोई देवी नहीं मिली। दलसिंगार के साथी को यही मालूम हुआ कि उसका दोस्त बीमार हो गया है। अब भी वह रोज एक बार उसे देखने जाता था। बुखार था और कोई और भी बीमारी थी। साथी के आने पर माँ बड़े प्रेम से कहती—"चलो बच्चा, देख लो। तुम्हारा दोस्त तुमको याद कर रहा है।"

नित्य की तरह साथी आज भी दलसिंगार के घर गया। अब बीमारी को महीना से ज्यादा हो गया था। दलसिंगार रोज़-रोज़ कमज़ोर होता जा रहा था, लेकिन आज उसके साथी ने देखा कि दलसिंगार का सिर फूल कर कई गुना भारी हो गया है। पलकों की सूजन में आँखों का कहीं पता नहीं। उसके नन्हें से दिल में अब तरह-तरह की आशंकायें उठने लगीं। ऐसी आशंकायें जिनका आकार उसको स्पष्ट नहीं दिखाई पड़ता था, लेकिन दिल के भीतर एक तरह की ठंढक या टीस मालूम होती थी। दलसिंगार आज अपने दोस्त को न आँख से देख सका और न बोल सका।

दो दिन बाद दलसिंगार चल बसा। उसकी माँ रो रही थी—"हाय, मैंने क्यों अपने पूत को पढ़ने जाने दिया।"